「イけよっ……変態っ」

「一鬼さっ……、あ、あっ……ッ」

胸の皮膚が裂け、血が肌の上を滴り落ちる。

気持ちがいい。

どうしようもなく、泣け
に――

JN138957

CONTENTS

Illustration

小山田あみ

【序章】

きっかけは、インフルエンザ。

高熱に浮かされ朦朧となった我が子に、母は何を思ったのだろう。夫が勤める病院の処置室で点滴を受ける息子の傍らで、彼女は薄く笑みを浮かべていた。

その後しばらくして、真冬だというのに水風呂に入れられた。

やがて母はどんどん、狂っていった。

鉄二に拒むことはできない。

従えば、母が笑ってくれるからだ。

あるときは、泥を食わされた。

あるときは、熱湯を足にかけられた。

得体の知れない薬やサプリメントを多量に飲まされたこともある。

そしてまたあるときは、どこも悪くないのに父が勤める病院へ連れていかれた。

すべては、母が父に会うために——。

そうやって鉄二を病人に仕立て上げた母は、父から激しく叱責されるのだ。

「ふざけるのもいい加減にしろ！　俺の邪魔をするな」

「子供ひとり面倒みられなくて何が母親だ！　育てられないならシッターでも雇え！」

だが、叱られても、怒鳴られても、母は父からの言葉を身勝手に解釈し、嬉しそうに笑っていた。

「パパ、忙しいのにわざわざ外科から会いに来てくださったのよ」

「鉄二のことは任せる、頼りにしているから頑張りなさいって、ママに言ってくれたの」

その笑顔は無邪気な子供みたいだった。

花が咲くように朗らかに笑う母を見て、鉄二は安堵する。

まだ、居場所がある。

ここにいても許されるのだと、ホッとする。

「いい子ね、鉄二」

母が自分に笑いかけてくれるなら、水風呂に入るのも腐ったごはんを食べるのも平気だ。

すべては、母に笑いかけて欲しいから――。

愛して欲しいから。

狂ってしまった母の笑顔のため、鉄二は己もまた狂っていることに、気づけないでいた。

父は一族が経営する大病院の跡取りで、新鋭の外科医として名を馳せていた。

母は家柄だけが自慢の華族の末裔で、夫という主に従うことで得る幸福しか知らずに育った。

そんな夫婦の間に、鉄二は長男として生まれた。

鉄二の少年期の記憶は、ひと言で言えば『灰色』だ。

明るい色の思い出はほとんどない。

病院の経営と外科医としての名声にしか興味がなく、家庭を顧みない父。

お嬢様育ちの世間知らずで、父に縋ってしか生きられない母。

鉄二は父の顔もまともに知らず、母と二人で少年期までを過ごした。

その両親が離婚したのは、鉄二が十三歳の夏のこと。

離婚の原因は、母の精神疾患――代理ミュンヒハウゼン症候群による、鉄二への虐待だ。

かくいう鉄二もミュンヒハウゼン症候群と診断された。

夫の興味を引くために詐病を強要した母の笑顔が見たくて、鉄二は自傷を繰り返すようになっていた。

すべては母のため、そして、自分のため……。

ほんのひとときだけ、母が自分を見て笑ってくれるとき、鉄二はこの上ない幸福に満たされる。

しかし、その幸福はあまりにも歪で、儚かった。

鉄二の度重なる怪我や病気に違和感を覚え、児童相談所に通報したのは、父でも病院の関係者でもなければ、学校の教師でもない。

塾で同じクラスだった生徒が、自分の母親にぽつりと漏らしたことがきっかけとなり、鉄二と母の醜く歪んだ幸福な時間は終焉を迎えた。

病院が風評に晒されるのを恐れてか、身内の恥を外へ漏らしたくなかったのか。

父はあっさりと母との離婚を決めた。そして、多額の養育費と慰謝料とともに、鉄二を母方の実家である鶴巻家へ押しつけたのだ。

当時、父が浮気をしていたと知ったのは、もう少し後になってからのこと。すでに相手の女の腹には鉄二の異母兄弟がいたらしい。

離婚と同時に夫の不貞を知った母は、より深い闇に囚われ、心神喪失の状態に陥った。

そうして彼女は、鉄二を生んだことすら忘れ、夢の世界に引き籠ってしまった。

ギラギラとした太陽の下、母を連れ去るタクシーを見送った日のことを、鉄二は一生忘れないだろう。

母は療養のために遠く離れた田舎の病院に入院し、そうして二度と、鉄二と会うことはなかった。

【一】

奪われることの不幸と、与えられない不幸は、どちらがより不幸だろう。

幸せとは、何か。

生き甲斐とは、何か。

人として生まれたのなら、人であるなりの幸福が与えられるべきだろう。

けれど、もし――。

愛される喜びを知らず、人としての幸福も、生き甲斐も、生きる意味すら得られなかったならば……？


人の道理を捨てて羅刹に生きれば、そこに満たされた幸福はあるだろうか。

羅刹となって人を喰らえば、生きる喜びは得られるだろうか――？

◆　◆　◆

夏休みも半ばを過ぎたある日の深夜、満たされない孤独を埋めるために繁華街を彷徨っていた鉄二は、見知らぬ女に声をかけられ、誘われるまま部屋に上がった。

「ねぇ……っ、あんたアタシの部屋に……ずっといて、いいのよっ」

ねっとりした女の声と安いベッドの軋みが、鉄二の思考を鮮明にしていく。

未成熟な雄は反応しているが、闇が巣食った心は凪いだ夜の海よりも静かだ。

女が鉄二の腹の上で腰を振る。ぬめったぬくもりに包み込まれる感覚は心地いい。

しかし、絶頂へ到るにはあきらかに物足りなかった。

それがなんなのか、何が足りないのか、鉄二はもう充分に理解している。

「……っ」

腹筋に力を込めて起き上がると、その勢いのまま女をベッドに押し倒した。

女が不思議そうな顔をする。上気した白い首筋や頬に、乱れた黒髪が絡みついていた。

「な……に？」

濡れた唇が言葉を紡ぐ前に、隠し持っていたメスで丸い肉の塊を切りつける。

「え？」

何が起こったのか分からなかったのだろう。

女が短い声をあげ、ぴたりと動きを止めた。

込み上げる笑い声を、鉄二は堪えることができない。

「はは……っ」

目の前の丸い大きな乳房。

その、乳頭の上に短く赤いラインが引かれている。

メスを走らせた切れ目からじわりと血液が滲み出し、やがて筋を引いて垂れ流れた。

「え？　や、な、なに？　ちょっ……やだっ……嘘ッ！」

胸から溢れ出す血を認め、女が発狂したように叫ぶ。

「ひっ……ひとご……ろしっ」

わなわなと震え、腰を捻って逃げ出そうとするのを、鉄二はメスを投げ捨てて捕まえた。

「待ってください。僕はまだ、イけてない」

「い、いやっ！　放して……助け……ッ」

女がジタバタと暴れるたびに、ぬめった肉襞が引き締まり、若いペニスを締めつける。

「殺す気なんか、ないです」

変声期を迎えてすっかり低くなった声が上擦っていた。まるで知らない男の声のようだ。

「ひぃっ……！」

女の顔が恐怖に引き攣って、鉄二を凝視する。

「きれいですよ。白い肌に、赤い、血」

やわらかな肌に指を食い込ませ、鉄二は本能のまま腰を突き上げた。

眼下で血に濡れた乳房が揺れる。

流れ落ちる血を舐め、薄い傷口に舌を這わせると、身が震えるような快感が襲ってきた。

「アハッ……、ハハッ……」

激しい興奮と欲情に、無意識に笑い声が漏れる。

覚えたての行為は、それまで虚無の中に生きていた鉄二を夢中にさせた。

ほんの少し前まで、鉄二は性的なものにまったくといっていいほど関心を抱けなかった。

異性にも同性にも、とにかく他人に興味がなかったのだ。

いや、人だけでない。

この世のすべてに、関心がなかったと言っていい。

母を……あの朗らかな笑顔を失ったときから、鉄二は生ける屍だった。

しかし今、鉄二は目の眩むような興奮と快楽に思考のすべてを奪われている。

人の肌を切り裂くときの感触。

ペニスを締めつけられる快感。

——凄いっ……。

母を思わせる白い顔が、恐怖と苦痛、そして快楽に歪む様に惹きつけられる。

鉄二は白い肌につけた傷口から血が滲み出るたび、舌を伸ばして啜った。

女の悲鳴に鼓膜が震え、喉が鳴った。

頭の奥が痺れる。下腹がジンジンと熱い。

間もなく絶頂が訪れようとしていた、そのとき――。

「このクソガキ！　人のオンナに何してくれてんだっ！」

寝室のドアが開いて、スキンヘッドの男が飛び込んできた。

ハッとする間もなく、鉄二は後頭部に激しい衝撃を覚えた。

「う、ぐぁ……っ」

直後、ベッドからもんどり打って落下する。

「ア、アンタぁ……っ！」

女の絶叫を遠くに聞きながら、脇腹を蹴られた。

「ぐうッ……」

一瞬、意識が途切れるが、すぐに腰を殴打されて覚醒する。

「ガキだからって容赦しねぇぞ！　ったく、ぶっ殺すぞ！」

「あぐ……ッ」

霞む視界に男の姿を捉える。黒のノースリーブシャツの肩にはトライバルが刻まれていた。

酸素を求めて口を開くが、上手く息が吸えない。

続けざまに罵声と殴打を浴びて、鉄二はイモ虫みたいに床で丸くなる。

「おい、テメェ……殴られてンのに勃起してんのかよ！　気味悪ぃガキだな、この変態がっ！」

詰られて、鉄二は己のペニスが勃起したままなことに気づいた。

絶頂直前まで昂った若い雄が、ぼやけた情景の中で異様にくっきりと見える。

腹や腿には殴られてできた痣があった。

「……あ」

一度途切れた興奮が再び込み上げてくるのを、鉄二は確かに感じた。

苦痛の後に与えられる幸福を、鉄二はよく知っている。

――ママ。

幼い日の情景が脳裏を過った。

途端に、鉄二は総毛立つほどの快感を覚え、喉を鳴らす。

「あ、あ……っ」

「悦んでんじゃねぇよ、ドM野郎！　マジで死ねや！」

頭だろうが顔だろうが、スキンヘッドの男は容赦なく鉄二を痛めつける。

「……ゲェッ」

鳩尾(みぞおち)に膝(ひざ)を突き入れられて、鉄二は堪(たま)らず胃液を嘔吐(おうと)した。しかし、勃起はよりいっそう硬くなり、先走りを溢れさせて悦んでいる。

「きめぇんだよ！　クソがッ！　死ねっ！　変態――っ！」

「アンタ、やめて……死んじゃう。ほんとに、死んじゃうってばぁ……」

遠のく意識の中、女が泣き叫ぶ。

痛い。

苦しい。

けれどとても、気持ちがいい。

骨が軋み、肉が潰(つぶ)れるような感覚の中、鉄二はこれまで感じたことのない快感と幸福に満たされ、絶頂を迎えた。

「っあ、あ、あ……っ」

――あ。

絶頂の瞬間、腫(は)れて塞(ふさ)がりかけた瞼(まぶた)を開いた先に、泣き崩れる女の姿を認める。

何を喚(わめ)いているのか分からなかったが、鉄二は女の顔を見て、自嘲(じちょう)の笑みを浮かべた。

――なんだ、少しも似ていないじゃないか。

小さく嘆息して、鉄二は事切れるように、意識を手放した。

身体に違和感を覚え、ゆっくりと意識を手繰り寄せる。

朝、目が覚める少し前、夢の世界から現実世界へ戻っていくときの感覚に似ていた。

覚醒していくにつれ、身体中に強い痛みを覚える。

「……ぁ」

そうして重い瞼を開いたとき、鉄二が最初に目にしたのは、汚れた革靴を履いた男の足だった。

「お目覚めか？」

傷と埃だらけの冷たいリノリウムの床に、鉄二は後ろ手に縛り上げられて転がっていた。

足首にはジーンズと下着が絡まったままで、ガムテープできつくまとめられている。

カタカタと上の方から小さな音が聞こえた。

多分、エアコンの音だろうとぼんやり思う。

あれからどれくらいの時間が経ったのか、昼なのか夜なのかも分からない。

「おーい、大丈夫かぁ？」

虚ろな視線を彷徨わせる鉄二の顔を、目の前に立った男が覗き込む。

「だ……れ」

鉄二は少しだけ首を捻って男の顔を見た。

三十歳前後というところだろうか。

短髪をきれいにまとめ、日焼けした彫りの深い顔立ちをした男が、鉄二と視線が合った途端にニカッと笑う。

「馬鹿野郎、年上には敬意を払って、先に下のモンが名乗るのが筋だろうが」

くっきりとした大きな二重の瞳で、まっすぐに鉄二を見つめて言った。

「ぅ……まき、てつじ……です」

言葉を口にしてはじめて、頬が腫れ、唇が切れていると気づく。身体中、痛みを感じない場所がないくらいだった。

「うまき、てつじ？」

男が怪訝そうに繰り返す。

鉄二は咄嗟に血の味のする唾液を飛ばして言い返した。

「つ、です。鶴巻鉄二……っ」

「そうか。それだけ元気がありゃ、急いで病院連れてかなくてもよさそうだ」

男がニヤリと笑って、少し離れた場所にあるパイプ椅子に腰かけた。

鉄二は少しずつ頭を動かし、あたりを見回す。

さほど広くない、事務所のような場所だった。事務机がいくつかと、書類棚が目に入る。

窓はすべてブラインドカーテンで塞がれていて、外の景色は見えない。

ぬるいエアコンの風が、ときどき剝き出しの肩や背中、尻を撫でた。

目の前の男以外、鉄二を殴ったスキンヘッドの男も、傷つけた女の姿もない。

「ちゃんと名乗ったのだから、次はそちらの番じゃないんですか」

腫れ上がった瞼が視界を狭くしていたが、鉄二は男をしっかりと見上げて言った。

「おかしなガキだな。ヤクザの情婦相手にドSプレイするわりにゃあ、口の利き方が随分とお上品だ」

奥まった双眸を眇めて、男が茶化す。

鉄二は無言のまま、男の視線を受け止めていた。

「ああ、違った。ドSでドMか。真鍋に殴られてる間もずっとチンコおっ勃ててたそうじゃねぇか」

真鍋というのはあのスキンヘッドの男のことだろう。

アレがヤクザなら、目の前の男もそうに違いない。

夏だというのに黒のシャツにスラックスという姿が、鉄二にそう確信させた。

「しかも最後は盛大に射精したってな。真鍋がお前のこと、随分と気持ち悪がってたぜ」

肩を小さく揺らして笑う男の意図がどこにあるのか分からず、鉄二はグッと奥歯を嚙みしめる。

「ははは……」

笑いが鎮まると、男は小さく咳払いした。そして、長い脚を組んで身体を前のめりにし、改めて鉄二に問いかける。

「ところで、鉄二」

男はくっきりとした眉尻を下げ、妙に人懐っこい表情でいきなり名前を呼び捨てた。

「最近、ネットなんかでちょっとした話題になってる事件、知ってるか？」

「……」

鉄二は目をしっかり男に向けたまま、表情を動かすことなく黙っていた。

「都内のアチコチで頻発している、傷害事件のことなんだがなぁ」

鉄二の表情の些細な変化も見逃さないとばかりに、男が目を細めて注視する。

「テレビなんかじゃ、まだ取り上げられていねぇようだが。なあ……、知らねぇか？」

絡んだ視線をそのままに、鉄二はこそりと唾液を飲み込んだ。

春頃から都内のあちこちで起きている傷害事件のことなら、鉄二はよく知っている。

二十三区内ばかりでなく、郊外でも似たような事件が続き、ネットでは連続猟奇事件として話題になりつつあった。

なかなか表沙汰にならないのは、重傷者や死亡者が出ていないせいだろうが、被害者のほとんどが性行為の最中に事件に巻き込まれているからだ、というのがもっぱらの噂だ。

「そのうち多摩川越えてこっちでも起こるんじゃねぇかって、若いモンと話してたところなんだが」

男が大きな掌で自分の顔に風を送る。

カタカタ音を立てるエアコンの効きが悪いのか、室内の温度は上昇しているようだ。

「なあ、鉄二。噂の事件の被害者はみんな、身体のどこかを鋭利な刃物で切りつけられてるらしいなぁ。……今朝、お前が切りつけた真鍋の情婦みたいによ」

男が一段と目を眇め、口角を上げてニヤリと笑った。

「どうやら警察も本格的に動き出したって話だが、お前、大丈夫なのか？」

最初から、鉄二が連続傷害事件の犯人だと、この男は分かっていたに違いない。

「っ……」

鉄二はいよいよ、何も答えられなくなった。

母を失った日から、生きている意味などないと思って日々を過ごしてきた。

母を想うたびに息が苦しくなり、自らを傷つけることで平静を保ち、他人を傷つけ快楽を貪ることで、生きている実感を得てきた。

それでも、ただの器と成り果てた身体の内側は空っぽで、醜い闇に覆われている。

「どうせなら、殺してくれてよかったんです」

どうしようもない虚無感に苛まれながら、鉄二はぽつりと呟いた。知らず、自虐の笑み

が浮かんでいる。

「生きていたって、意味なんかないんですから」

視線を床に落とし、そのままクックツと嗤う。

「ガキが、くだらねぇこと言うんじゃねぇよ」

男が不意に立ち上がり、鉄二に近づいて膝をついた。そして乱れた髪を摑んで、顔を上向かせる。

「あッ……」

拘束された身体中が軋み、悲鳴をあげた。

「なんだってこんなことを繰り返すんだ？」

顔を顰める鉄二に、男が重ねて問いかける。

「被害者が届け出ないとでも思ったか？　それとも、単純に頭がおかしいのか？」

口調は淡々としているが、男の表情は真剣そのものだった。漆黒の瞳が興味深そうに光っている。

「お前の身体中の傷痕は？　切ったり切られたりするのが好きなのか？　どうした、答えろよ」

矢継ぎ早の質問に、鉄二は口を開かずにいられなくなる。強引に持ち上げられた首がだるくて堪らなかったからだ。

「僕のっ……質問には答えないくせに、どうして答えなきゃいけないいんですか」

するると、男がハッとして「ああ、すまん」と謝った。

「悪いな。つい熱くなっちまった。うん、俺が悪い」

妙にあっけらかんとした態度で謝ったかと思うと、男は鉄二の髪を放し、ゆっくりと抱き起こしてくれる。

「痛っ……ぅ」

身体を動かすと全身の骨と筋肉がミシミシと音を立てて痛んだ。

「悪いが話が終わるまではその格好で我慢しろよ。まあ、コトと次第によっちゃあ、どうなるか分からねぇがな」

そう言うと、男は壁にかけてあった自分のものらしいジャケットを、鉄二の薄い肩に羽織らせてくれた。

男の言動の一貫性のなさに不審を覚えつつ、鉄二はぽろりと礼を言ってしまう。

「ありがとうございます」

「お前、本当に面白いガキだな。この状況でヤクザに礼なんか言う奴がいるかよ」

男がケタケタと笑う。

まるで夏の太陽のような笑顔だ。

その眩(まぶ)しさに目を細めつつ、頭にあった疑問をぶつけた。

「やっぱりヤクザなんですか？」

男は鉄二の正面の床に胡座をかいて座ると、「ああ」と頷いた。

「俺はこのあたりをシマにしてる木根商会の杜若だ。お前、聞いたことあるだろ？　闘神会田渡組系……とかってよ」

「ええ、まあ……」

曖昧に答えるほかなかった。世を拗ねて孤独を貪り、己の欲を満たすことしか興味のない鉄二に、暴力団の組織名など分かるはずがない。

「ま、分からないならそれでもいいがな」

口にしない鉄二の心情を読み取ったかのように杜若が笑う。

——どうして、この人はこんな顔で笑うんだろうか。

面白いことや楽しいことがあるわけでもないのに、絶えず笑顔を見せる杜若が不思議でならない。

「じゃあ、こちらも名乗ったところで、さっきの続きだ」

杜若がまたひとつ咳払いした。

何を訊かれるのかと、自然と身構えてしまう。

「まず、最初の質問だ。なんだってこんな馬鹿げた真似を繰り返す。興味本位なら道踏み外す前にやめとけ」

杜若の顔から笑みが消えた。真剣な眼差しで鉄二を見据えて続ける。

「虫とか動物相手じゃ飽き足らず、人まで切りたくなったとか、その類いだろ」

低くて幅のある声が、鉄二の鼓膜にじわりと滲みた。

「見たところまだ高校生ぐらいだろ？　親御さんは知ってるのか？　自分の子がこんなド変態だと知ったら、えらい落ち込むんじゃねぇのかよ」

「杜若さん、すぐそうやって質問攻めにするの、癖ですか？」

鉄二は可笑しくて仕方がなかった。これではまるで人生相談だ。

「あ、いや。悪い。お前みたいな奴は見たことがなくてな。気になって仕方ねぇんだ」

杜若の表情がまた変化する。照れ臭そうな笑みを浮かべるのを見ていると、安心感にも似た不思議な感覚に包まれた。

「道なんて、とうに踏み外しているんです。僕は、人の肌を切りつけるのが、堪らなく楽しい。自分の身体を痛めつけると、幸せな気持ちになるんです」

己の忌わしい嗜好を、鉄二はあっさり杜若に打ち明けた。

「……人の、肌を？」

さすがに驚いたのか、杜若が目を瞬かせる。

「いきなり、人にいっちまったのか？」

「そうですね。最初から、自分、でした」

怪訝な表情の杜若に、鉄二は躊躇いなく答える。

己の過去を他人に話すのは、はじめてのことだった。

「その、訊いてもいいか？」

遠慮がちに訊ねるのに「はい」と答える。

表情や態度をころころと変化させる杜若の捉えどころのなさに、鉄二は妙な好奇心を覚えた。

――ママ以外の他人なんて、どうでもよかったのに。

自分で自分に驚きつつも、不思議と心は落ち着いている。

拘束された身体は不自由だし、痛みはまったく治まらないが、不快感はおろか恐怖心の欠片もなかった。

「鉄二」

名を呼ばれ、真正面を見つめて頷く。

「なんでしょうか」

「お前、何があった？」

小さく、心臓が跳ねる。

杜若の質問は酷く曖昧だったが、ある意味、直球でもあった。

鉄二は、動揺し始めていた。

どうして杜若はこうまでして鉄二の抱えたものを知りたがるのだろう。

誰も鉄二の声に耳を傾けてはくれなかった。

あれほどに愛した母にさえ、鉄二の言葉は届かなかったのに……。

――違う。

最初から、自分の心の内を話す気など、あの頃の鉄二にはなかったのだ。

「杜若さんは僕が想像していたヤクザとは、全然違うんですね」

鉄二は目の前でひとり深刻そうな顔をしている杜若を見つめた。

「まあ、どんな想像か分からんでもないが、俺は正真正銘、ヤクザだよ。弱小組織だけどな」

また、杜若が笑った。本当によく笑う男だ。

母のふわりとした笑顔とは違う、燦然と輝く太陽のごとき笑顔は、鉄二を強く惹きつけた。

「まあ、しかしなんだな」

杜若が小さく息を吐き、大きな手を伸ばす。

「お前も、見た目は生っ白くておキレイな顔してるのに、やることは滅茶苦茶だわ、肚は据わってるわで、ヤクザもびっくりだよ」

乱れた髪ごと頭をクシャクシャと撫でられて、鉄二は声を失った。

電池が切れたオモチャみたいに固まって、目の前の男を凝視する。

「どうしたよ。そんな驚くようなこと言ったか？」

眩い笑顔から、目が離せない。

頭に置かれた掌のぬくもりに、肌が粟立つ。

経験したことのない感情に、息をするのも忘れていた。

「鉄二？」

息がかかるほど顔を近づけて覗き込まれ、鉄二はハッと我に返った。

「す、みません」

なぜだか急に気恥ずかしさを覚え、俯く。

「いや、それよりお前。俺の質問にちゃんと答えろよ」

大きな手に髪を掻き乱されるたび、心臓がギュウギュウと締めつけられる。

「なんでそうなっちまった？」

目をそらすことも、顔を背けることも許さないとばかりに、大きな手が鉄二の頭をしっかと掴む。

「お前のその傷だらけの身体と、関係があるんじゃねぇのか？」

杜若の予想は、ある意味当たっていた。

しかし、鉄二はどう答えればいいのか分からない。

沈黙が流れる。

カタカタというエアコンの音に、答えを急かされているような気がした。

「はじめて人を切ったのは、いつだ？」

埒が明かないとでも思ったのだろう。杜若が質問を変えてくる。

頭の上にのせられた手から力が抜けていた。

「自分以外の……人、を切ったのは、今年の春……がはじめて、です」

金さえ積めば万事が片付く私立高校に入学した鉄二は、入学式のその日に上級生から呼び出された。

「数人に乱暴されそうになって……カッターナイフで、抵抗しました」

「男子校だろ？　マジでそういう話があるのか。驚きだな」

杜若が「まあ、お前のツラじゃ仕方ねぇかもな」と呆れたように嘆息する。

母譲りの白い肌と豊かな黒髪、二重の切れ上がった眦と通った鼻筋。己の容貌が、男女問わず目を惹くと鉄二が知ったのはそのときだ。

「それで、味をしめたってわけか……。とすると、お前の傷は？」

杜若はしつこく質問を続ける。

正直、鉄二は少し面倒臭く思い始めていた。母を失って以来、人と話すことがほとんどなかったからだ。

だが杜若の人懐っこい笑顔を前にすると、どういうわけか邪険にできなかった。

「これは、自分で……」

鉄二の身体に残る傷痕は、裂傷ばかりではない。今日、真鍋という男に殴られた真新しい傷のほかにも、打撲痕や火傷(やけど)の痕がそこらじゅうに残っていた。

「自殺未遂?」

「いえ、死んでしまったら、意味がないですから」

「じゃあ、どうして自分の身体を痛めつける?」

つくづく不思議な男だ。

さっさと警察に突き出すなり、制裁を加えるなりすればいいのに、飽きることなく鉄二に質問をぶつけてくる。

「怪我をしたり、病気になると——」

鉄二はもう、男が飽きるまで付き合うしかないと肚(はら)を括(くく)った。

「ママ……母が、笑ってくれるんです」

灰色に染まった幼い頃の記憶を手繰り寄せ、鉄二は強張(こわば)った笑みを浮かべてみせた。

「……はぁ?」

流石(さすが)に驚いたのか、杜若が難しい顔をする。予想していない返答だったに違いない。

鉄二は歪んだ家族関係を打ち明け続けた。

「痛みと快感が繋（つな）がったのは、多分、小学生の頃に二階から飛び降りたときだと思います」

打撲と骨折による激しい痛みの中で、鉄二は言葉にならない高揚感に身を震わせたのだ。

「痛いのに、気持ちがよくて……。母が僕のために涙を流してくれたのも、心配そうに抱きしめてくれたのも、あのときがはじめてだったんです」

杜若は険しい表情のまま、鉄二の話に耳を傾けていた。

「それから何年も、僕は母に笑って欲しくて、認めてもらいたくて、自分の身体を傷つけ続けました」

鉄二の脳裏に、別れの日の情景が甦（よみがえ）る。

父に離婚を突きつけられ、心を失った母の姿は、今も鉄二を苦しめ続けていた。

「狂ってしまった母と別れてからも、僕は自傷行為をやめられなかった。痛みを感じるとホッとして、なんだか幸せな気分になるんです」

「お前……マジで道踏み外しちまってたんだな」

杜若が頭を抱えた。

「だから、最初に言ったじゃないですか」

鉄二が言うと、杜若が忌々しげに舌を打つ。

きっかけは、母の笑顔を見たいという、幼さ故の純粋な動機だった。

「言ってみれば、オナニーです。僕は自分を傷つけて、快楽と安心を得る――」

やがて己を傷つけるだけでは飽き足らず、身勝手な欲望を満たすため、他人の肌を切りつけるようになってしまった。

「自分を傷つけるのは、限界があるんです。傷がすぐに治るわけがないですし……」

鉄二は杜若に、人の肌を切り裂きたくて都内をあちこち彷徨うようになったと打ち明けた。

眉を顰(ひそ)め、杜若が深く嘆息する。

「間違ったことをしている自覚はあります。でも、やめられない」

「ほかにいくらでも楽しいことがあるだろうが」

苛立(いらだ)たしげに吐き捨てる杜若に、鉄二は薄く笑って答えた。

「母を喜ばせるためだけに生きてきた僕に、それを言うんですか？」

勉強も英会話もピアノも、誰にも負けないよう頑張ったのは、すべて母に笑って欲しかったから。

「僕は何をして生きればいいか、分からない。生まれてきた意味も、生きている意味も分からない」

心の中に巣食った闇が、じわじわと鉄二を蝕(むしば)んでいく。

身体が小刻みに震えるのを抑えることもできず、鉄二は思い浮かぶまま言葉を口にした。

「肌の上を刃物が滑る感触だけが、僕を満たしてくれる」

「おい」

譫言のように呟く鉄二に、杜若の声はただの雑音と成り果てる。

「痛みと快楽に包まれるときだけ、満たされるような気がするんです」

己を切りつける嗜好には、やがて限界——死が訪れる。

不死の身体でもない限り、自分を傷つけ続けることは難しい。

己を満たすため、鉄二は躊躇なく他人に刃を向けた。

「肌を切り裂く感触や、恐怖と痛みに引き攣る表情を見ていると、僕は——」

「おい、鉄二——ッ！」

大声で名を呼ばれ、両肩をがっしりとした大きな手で鷲掴まれ、鉄二は我に返った。

「あ……」

唇が戦慄き、一瞬、息が詰まる。

「分かった。もう、いいから、落ち着け」

そう言ったかと思うと、杜若がおもむろに鉄二を抱き寄せた。

「——え」

何が起こったのか、理解するのに数秒を要した。

「どう言やいいか分からんが、お前なりの事情があることは分かった」

羽織らせてくれたジャケットの上から背中を優しく摩り、杜若が低く落ち着いた声で囁きかける。

「そうなっちまったモンは仕方がねぇ」

鉄二は慣れない状況に茫然としつつも、間近に触れた人のぬくもりに胸を高鳴らせた。

息苦しいほどの抱擁に身体中が「痛い」と悲鳴をあげているのに、少しも痛みを感じない。

「だが、お前がやってることは間違ってる」

――ヤクザのくせに。

正論を説く杜若に盛大な矛盾を覚えつつ、鉄二は黙って厚い胸に抱かれていた。

「生きてる意味なんざ、死ぬまでに見つけられりゃ充分だ。多分見つけられずに死んでいく奴の方が多い。けど、お前はその意味を求めて足掻いてる。……間違っちゃいるがな」

身勝手で異様な欲望を、杜若は否定しつつも受け入れてくれた。

杜若が口にする言葉以上に、そのことが鉄二の心に響く。

「意味がない人生なら、意味を探せばいいだけ。欲しいものがないなら、見つけりゃいいだけだ。それすらしないで、ただ生きてる奴ばっかなのが今の世の中だ」

ゆっくりと抱擁を解き、杜若が鉄二の顔を覗き込む。

「……な、に、笑ってるんですか」

くっきりとした二重の双眸に間近で見つめられ、鉄二の鼓動がさらに速くなる。

杜若は子供にするように、鉄二の頭をクシャクシャと撫でた。

「お前の欲しいものが見つかるまで、とことん付き合ってやろうじゃないか」

夏の青空で燦々と光を降り注ぐ太陽のような笑みに照らされる。

鉄二は、息を呑んだ。

眩しくて、まともに見ていたら目が潰れそう。

「両手いっぱいに抱え切れないほど、欲しいものを手に入れるために生きる」

暗い灰色の世界に生きてきた鉄二には、杜若の笑顔はあまりにも眩しかった。

「そんな人生も、悪かねぇと思わないか？」

杜若が笑う。

まっすぐに、鉄二だけを見つめて――。

十六歳の夏。

鉄二ははじめて、本物の太陽の光を浴びたような気がした。


「行くところがない」

あの日、鉄二がそう言うと、杜若はあっさり「じゃあ、今日はここで寝ろ」と言って拘束を解いてくれた。

「だが明日は帰れよ。今はまだテメェの尻も拭えねぇガキだってことを忘れるな」

両親の離婚の末、母方の祖父母と暮らしている現状を打ち明けると、杜若は煙草臭いタオルケットを投げて寄越した。

「悔しけりゃ、誰にも文句をつけられない大人になるこった」

「文句、ですか？」

タオルケットを受け止めて首を傾げる。

「実力でまわりを黙らせろって言ってるんだよ」

ニカッと笑って、杜若が背を向ける。

「医者、呼んでやるから待ってろ。お前ぇのオヤジと違ってヤブだが、放っとくよりはマシだろ」

嫌みのない笑顔を、鉄二は何も言えないまま見送った。


翌日、事務所で目を覚ました鉄二は、ドアの向こうから顔を覗かせたスキンヘッドの男に慇懃に頭を下げた。

「昨日は、すみませんでした」

鉄二が拘束されていたのは、暴力団組織・木根商会の事務所の一室だ。室内には鉄二の身体に貼られた湿布の臭いが満ちていた。

「うわ、マジで生きてやがる」

スキンヘッドの男——真鍋がギョッとしつつも、大股で事務所に入ってくる。タンクトップシャツに腰穿きのハーフパンツという姿は、ヤクザというよりもヤンキーやチンピラといった方が似つかわしい。左右の耳にはこれでもかとばかりにピアスが並んでいる。

「杜若さんが医者を呼んでくれて……」

鉄二が答えると、真鍋がビニールのショップバッグを手に向かいのパイプ椅子に腰かけた。

「マジか。信じられねぇな」

いっそう眉を顰め、真鍋が煙草を咥えた。

「それにしても、お前、昨日とえらく態度が違わね？　二重人格とかそういう系？　マジ、キモイんだけど」

トライバルが刻まれた肩をポリポリと掻きながら、ジロジロと鉄二の様子を窺う。

「悪いことをしたとは思っています。でも、声をかけてきたのはあの人からで、僕は……」

昨夜、鉄二に声をかけ部屋に引き込んだ女は、木根商会の若衆頭・真鍋の情婦だった。

鉄二は当然、そんな事情は知らなかった。

一夜の宿と快楽、そうして人肌があれば、相手は誰でもよかったのだから。

「あー、もうあの女の話はナシの方向で。前々から男を引っかけまくってんの知ってたし、そろそろ潮時だって思ってたんだよ」

本音なのか強がりなのか分からないが、真鍋は昨夜の怒りが嘘のように淡々としている。

「ただ、ウチも一応は代紋掲げてるわけだしさ、カタギの……お前みたいなガキに舐めたマネされたままじゃ立つ瀬がないんだよ」

真鍋としては鉄二に殴る蹴るの暴行を与えたことで、気持ちはすっきりしていると言う。

「ていうか、お前、よく生きてたな」

真鍋が怪訝そうに鉄二の顔を覗き込んできた。

「一鬼(いっき)さん……じゃねぇ、頭(かしら)が二人きりにしろって言ったときは、後始末どうすんだよって頭抱えたけど……」

「いっきさん？」

聞き覚えのない名に首を傾げると、真鍋が「頭の名前だよ」と教えてくれた。

「漢数字の一に鬼って書いて『かずき』って読むんだが、昔馴染(なじ)みはみんな『いっきさん』て呼んでるんだ。さすがに跡目継がれてからは、オレらは名前じゃ呼ばねぇけどな」

「そうですか」

鬼だなんて、ヤクザらしい名前だと思った。

「それにしても、お前、頭をどうやって丸め込んだんだ？」

「別に、話をしただけです」

鉄二の返答に真鍋が二度三度と首を捻る。

「それがおかしいって言ってんだよ。ウチの頭、見かけは人当たりよさそうな顔してるけど、キレたら何するか分からねぇ、文字どおり鬼だって怖がられてんだぞ」

「そうなんですか？」

真鍋の言葉に驚く。昨日の杜若からは想像できない話だ。

「オレも昔の話を聞いただけだがな。先代が元気だった頃はそりゃもう喧嘩っ早くて、手がつけられねぇくらいだったらしい」

にわかには信じられなかった。確かに体格もよく、喧嘩をしても強そうだとは思う。しかし、眩いばかりの笑顔で鉄二に正論を説いた姿と、真鍋の話す杜若の姿が重ならない。

「まあ、三代目になって落ち着いたからってのもあるのかもしれねぇけど」

「ちょっと、待ってください」

腕組みして小さく頷く真鍋に問いかけた。

「三代目、ということは、杜若さんは組長……ということですか？」

「お前、何言ってんの？　さっきから頭って言ってんだろ？」

「頭」という単語が気になっていたが、まさかと思いつつも鉄二は深く考えずに聞き流していた。

「木根商会の三代目を去年襲名されたばっかりだ。先代が癌で急に亡くなっちまったもんだから、あの若さでいきなり組任されて……」

ヤクザの組織がどういう仕組みになっているかは分からないが、杜若の立ち位置は精々が真鍋の兄貴分ぐらいなのだろうと思っていた。

「それでなくても木根商会は弱小だって舐められてる。そこにお前みたいなガキに好き勝手されちゃ、面目丸潰れだって話になったんだ」

狭い事務室で二人きり、杜若と差し向かいで過ごした時間の裏に、そんな事情があったなんて鉄二は考えもしなかった。

「女の部屋で気ぃ失ったお前を抱えて出てった頭の顔、そりゃもう鬼なんてモンじゃなかったぞ。オレはてっきり、お前は頭に血祭りに上げられたとばっかり思い込んでたんだ。死体の始末なんてやったことねぇからよぉ」

深い溜息を吐いたかと思うと、真鍋が急にハッとする。

「いけね、忘れてた」

煙草を手近にあった灰皿で揉み消し、手にしていた袋を鉄二に投げて寄越した。

「それ、着替えだ」

「あ、え、……はい」

状況が呑み込めず、鉄二はごそごそと袋を開けて頷く。中には真新しいTシャツとスウェットパンツが入っていた。

「上に風呂場があるから身体流して、着替えたらさっさと帰れってさ」

「杜若さんは？」

礼を言わなければと思って訊ねると、素気なく「仕事だ」と返される。

あの笑顔をもう一度見たかったのにと、鉄二は落胆の表情を浮かべた。

「あと、もう二度と馬鹿な真似はよせってさ。オレもそう思うね。お前、頭イカレてるよ」

役目は終わったとばかりに背を向けて、真鍋が言い捨てる。

「道踏み外す前に、真っ当に生きた方がいいぜ」

——同じこと、言ってる。

ドアを開けて出ていく真鍋の背中を見つめ、鉄二は思わず苦笑した。

ああ、夏だ。

強い日差しを浴びて、鉄二ははじめて季節というものを実感する。

まだ午前中だと思っていたが、木根商会の事務所を出たときには昼を過ぎていた。

オンボロという言葉がぴったりのビルを後にして、祖父母の家へ向かう。

帰りたくはないのに、杜若に言われたとおりにしないといけない気がした。

『そうなっちまったモンは仕方がねぇ』

少し汗ばんだ分厚い胸に抱かれ、耳許（みみもと）に低く囁かれた瞬間、鉄二の心臓は破裂しそうなほど高鳴った。

母にさえ感じたことのない熱い感情を抱かせる杜若という男に、どうしようもなく惹きつけられている。

「あんな人がいるんだな」

妻と息子を容赦なく見捨てた父とも、我が子を道具としか見なかった母とも、違う。

鉄二のまわりに、杜若のような人間はいなかった。

杜若のように触れてくる者は、誰ひとりとしていなかった。

「おかしな、人だ」

春にはじめて人の肌を切りつけて以来、その感触が忘れられなかった。

己を傷つけるのとはまた別の、確かな手応え（てごた）えに心が震えた。

空っぽだった心が満たされた気がしたのだ。

セックスなんか、添え物でしかない。

快楽を増幅させる、媚薬(びやく)のようなものだ。

人の肌を切りつける瞬間。

赤い血が流れ落ちる様。

苦痛に歪む表情だけが、鉄二を満たしてくれる。

けれど、杜若に抱きしめられたとき、鉄二は今まで自分を満たしていたはずのものが、すべて紛(まが)い物だったと気づいた。

『お前の欲しいものが見つかるまで、とことん付き合ってやろうじゃないか』

大きな手で髪を撫でられたのは、生まれてはじめての経験だった。

くっきりとした二重の瞳に見つめられ、自分にだけ語りかける男に魅了された。

そう、鉄二は間違いなく、杜若という男に魅了されたのだ。

【二】


駅から少し離れた古い町並みが残る一角に、木根商会の事務所はあった。

薄汚れた五階建てのビルには、一階に木根商会が経営する不動産屋があり、二階と三階に組事務所が入っていた。四階から上には部屋住みの構成員が数人暮らしている。

夏休みの間、鉄二は二、三日おきに木根商会の事務所に足を運んだ。

杜若と出会ってから、鉄二は以前のように夜の街を徘徊(はいかい)することがなくなっている。

関東一円で連続して起きていた傷害事件の噂は、もうすっかり過去の出来事となって忘れ去られていた。

「こんにちは、真鍋さん」

「お前、また来たのか？」

すっかり慣れた様子で二階の事務所に現れた鉄二に、真鍋が呆れ顔で応える。

フラッと知人の店にでも立ち寄ったかのような鉄二の気安さに、いつの間にか部屋住みの若い衆も慣れてしまったようだ。鉄二の顔を見ると「頭詣(もう)でも大変だな」などと声をかけてくる。彼らは鉄二が真鍋の情婦に対して間男を働いたことを知らないらしい。

なんらかの事情で制裁を加えられた鉄二が、すっかり杜若に心酔して通い詰めていると思い込んでいるのだ。

「頭なら店だぜ。……てか、お前さぁ、いい加減諦めたらどうなんだ」

「真鍋さんには関係ありません」

鉄二は無表情でそう言うと、軽く会釈して「お邪魔しました」と事務所を後にした。

「可愛くねぇガキだなっ！」

真鍋が忌々しげに吐き捨てるのを聞き流し、トントンとコンクリートの階段を下りていく。

木根商会は関東一円に勢力を広げる闘神会田渡組系に属する弱小組織だ。部屋住みの若い衆を含めても構成員は十数人。シノギはもっぱら不動産事業のみに頼っている状況で、組の資金繰りは火の車らしい。

――ヤクザは黙っていても金が入ってくるものだと思っていたけれど……。

顔を出すたびに真鍋が愚痴るのを聞くとはなしに聞いているうちに、鉄二は木根商会がおかれた状況をおのずと知るようになった。

「こんにちは」

一階の正面から、間取り図が貼られたガラスドアを開けて中に入ると同時に挨拶する。

「また来やがったのか、鉄」

蛍光灯の頼りない光が照らす店の事務所には、杜若ともうひとり若い男がいた。男は窪といって不動産屋の事務や営業の仕事を任されているらしい。

「組長でもお店の仕事したりするんですね」

頭に浮かんだまま問いかけると、接客用の机でチラシを折っていた窪があからさまにムッとして睨みつけてくる。

しかし杜若はどこ吹く風といった様子で、本を片手にパソコンに向かったままだ。

「シノギの基盤がコレしかねぇウチみたいな貧乏ヤクザは、組長だろうが部屋住みだろうが、できることはなんでもやらねぇと生きていけねぇご時世なんだよ」

モニター画面を覗き込んでは、右の人差し指でキーボードをひとつひとつ打ち、杜若が難しい顔をして続ける。

「お坊っちゃん育ちのお前には分からねぇだろうがな」

父からの養育費で私立校に進学したが、まともに登校せずふらふらしている鉄二は言い返すことができなかった。

「とにかく、忙しいんだ。悪いがお前に構ってる暇はねぇ」

こちらをちらっとも見ない杜若に、鉄二はかすかな苛立ちを覚える。

「頭の言うとおりなんだよ。お前なんか邪魔なだけだ。とっとと帰れ」

ここぞとばかりに窪がキッと鉄二を睨んできた。スーツを着て一見するとカタギに見えるが、やはりヤクザだ。睨みを利かせて怒鳴る様は堂に入っている。

しかし鉄二は意に介さず、眉間に深い皺を刻んでモニターと本を交互に睨みつける杜若に呼びかけた。

「あの、杜若さん」

「んー、なんだ」

大きな身体を丸め、人差し指を立てたまま、杜若がようやく鉄二の方を向く。

「それ、何してるんですか？」

先ほどから気になっていた疑問を口にすると、窪が「お前に関係ないだろ」と口を挟んできた。

すると杜若が「まあ、いいだろ」と窪を制し、鉄二を手招きする。

「いいんですか？」

少し戸惑いつつも、鉄二は事務所の奥へ進み入った。

そうして、杜若が腰かけた椅子の横で身を屈める。

「これな、ウチで扱ってる物件のデータを打ち込んでるんだ」

杜若がモニターを指差して教えてくれる。手にしていたのはソフトウェアの教本だ。

「人差し指で、ですか」

指摘すると、杜若が情けなさげに苦笑いを浮かべた。

「実はなぁ、唯一パソコン使えたヤツ、昨日、ウチ辞めて田舎に帰っちまったんだ」

「え？」

あまりのことに、鉄二はポカンとなる。

「あの、ヤクザってそんな簡単に辞められるものなんですか？」

指を落としたり、殴る蹴るの暴行を経て、ようやく抜けられるものじゃないのかと、困惑と驚きに満ちた目を杜若に向けた。

「辞めたいって奴を引き止めたって、どうしようもねぇだろ」

さらりと言ってのける杜若の目に、嘘や強がりは欠片も滲んでいない。

「まあ、そんな事情で、中卒の俺様がこうして慣れない作業に勤しんでいるってわけだ」

肩を竦めてシレッとした態度で笑ってみせるのに、鉄二はただただ驚くばかり。

杜若は尽く鉄二の想像の上をいく男だった。

手がつけられないほどの凶暴性を持つと真鍋に聞かされていたが、出会ってから今日までヤクザらしからぬ穏やかな姿しか見ていない。

鉄二を遠ざけるため、脅しのつもりで真鍋は嘘を言ったのだろうか？

「だからな、本当に忙しくてお前に構ってる暇はねぇんだよ」

再びモニターに向き合い、キーボードを叩き始めた杜若が、聞き慣れた台詞を口にする。

「悪いことは言わねぇ。お前みたいなカタギの坊っちゃんが、興味本意で来るような場所じゃねぇ。もう今日で最後にしな、鉄」

もう今日で最後――。

鉄二はもう何度、この台詞を聞いてきたことだろう。

それこそ耳に胼胝ができるほど、杜若は鉄二の顔を見るたび繰り返す。

そのくせ、鉄二が懲りずに顔を覗かせても、嫌な顔ひとつしないで事務所の隅で好きにさせてくれる。

何を考えているんだろう。

決定的に拒絶しないくせに、一線を引いて距離をおく杜若の意図が分からない。

しかし、何度「来るな」と言われたところで、ここに……杜若に会いに来るのをやめるつもりはなかった。

どうしてここまで惹かれるのか、自分でも分からない。

とにかく鉄二は、杜若の笑顔が見られなくなるのが嫌だった。

熱く照りつける真夏の太陽のごとく、鉄二の胸をジリジリと焦がす笑顔。

モノクロームに染まった世界で、意味もなく日々を過ごしていた鉄二の前に、杜若は目が眩むような鮮明な色を携えて現れた。

杜若の、笑顔が見たい。

今、鉄二はただそれだけのために生きている。

「それ、エクセル？」

脇から覗き込むと、悪戦中の杜若が忌々しげに吐き捨てた。

「知らねぇよ。とにかく俺は忙しいんだ。お坊っちゃんの相手してる暇はねぇんだよ」

間髪を容れず、モニターに映し出された表を見つめて告げる。

「僕、分かりますよ」

「――は？」

杜若が人差し指でEnterキーを押さえたまま鉄二を振り返る。

「それはただ数字やコメントを打ち込んでいくだけですよね？　それならひとつの物件のデータ入力に数分もかからないと思います」

「ほ、んとうか？」

くっきりした目を大きく見開いて自分を凝視する杜若に、鉄二はコクンと頷いた。

「だったら全然、問題ないです」

ふと気づくと、窪も驚いた様子でこちらを見ている。

「さすが、お坊っちゃん。スゲェな」

杜若が期待に満ちた表情で感心する。

「別に凄くなんかないです。あと……お坊っちゃんって言うの、やめてください」

拗ねた口調で言い返しつつも、鉄二は少しいい気分だった。

「ちょっとかわってもらえますか？」

そう言うと杜若は素直に椅子を譲ってくれた。

窪も手を止めて近づいてくる。

背後から手許を覗き込まれ、妙な緊張を覚えたが、鉄二は迷いのないブラインドタッチで書類に記載された項目を打ち込んでみせた。

「すっげぇ……」

窪が感嘆の声をあげる。

「アイツより全然速い」

アイツ、というのは辞めてしまった人間のことだろう。

「マジでスゲェ。プロみてぇだ」

表情には出さないが、鉄二を目の敵にしていた窪から褒められて悪い気はしなかった。

「これで合ってますか？」

瞬く間に一軒分のデータを入力し終えて振り返る。

「ああ、完璧(かんぺき)だ。俺が朝から必死にやって二軒分しか終わらなかったのに、大したモンだな」

杜若が鉄二の肩に手をのせ、心底感心したといった様子でモニターを見つめる。

「これぐらいなら、いつだって手伝えます」

細い肩にのせられた大きな手のぬくもりに、鉄二は久しぶりに心がはしゃぐのを感じていた。

「ほかに帳簿とかも作れますよ。でも木根商会で税理士や会計士を雇っているなら、勿論本職に任せた方がいいと思いますけど、市販のソフトを使えば経費削減にもなりますし」

話しながら、続けて次の物件のデータを打ち込んでいく。自分でも驚くほど、いつになく饒舌だ。軽やかな指先の動きも、まるで鉄二の心情を表しているようだった。

「頭……。確かにコイツの言うとおりじゃないスか？」

窪が杜若の意見を伺う。

キーボードを叩く指をそのままに、鉄二はこっそり気に食わなかった男を応援した。

「俺は営業や内見の付き添いなんかで外に出ることも多いし、頭だって毎日店に顔出すわけにいかないでしょ？」

期待が胸に広がった。

ただ杜若の顔が……笑顔が見たいという理由だけで事務所に通うのは、さすがにバツが悪い。

だが大義名分がひとつでもあれば、堂々と杜若の傍にいられる。

「ていうか、こき使ってやりゃいいじゃないすか。このガキ、なんか頭や真鍋さんに借りがあるんでしょ？」

窪が杜若に進言するのを聞いて、鉄二はこそりとほくそ笑んだ。鉄二のことを毛嫌いしていても、背に腹は代えられないと割り切ったのだろう。

「馬鹿言うな」

しかし、杜若は一瞬で鉄二の期待を打ち砕く。

「窪、お前にも散々言ってきただろうが。カタギの人間に甘えるなと」

一喝され、窪は叱られた犬みたいにしゅんとなって自分の仕事に戻っていった。

「鉄二、お前もだ。何度も同じこと言わせるんじゃねぇ。そろそろ学校も始まるんじゃねぇのか。こんなところに出入りしてちゃ、そのうち悪い噂が立っちまう」

鉄二の薄い肩をぎゅっと摑んで、杜若が「だからもう帰れ」と最後通告を突きつける。

「いろいろ事情があるのは分かるが、ここは逃げ場所に選んじゃいけねぇところだ」

きゅっと唇を引き結んで睨みつけると、杜若が困った顔で溜息を吐いた。

「真っ当に生きろよ。今ならまだいくらでもやり直せる」

肩を摑む手にさらに力が加わった。

骨が軋むほどの痛みに、鉄二もさすがに顔を顰めずにいられない。

杜若が本気で鉄二を遠ざけようとしているのが伝わってくる。

少しでも役に立つ、使える人間だと思ってくれれば、傍に置いてもらえるんじゃないかなんて、浅ましい考えでしかなかったのだと痛感した。

「ほら、後は俺がやる。お前はさっさと帰って宿題でも片付けろ」

言うなり、杜若が鉄二が腰かけたまま椅子を後ろに引いた。

「わっ」

キャスターが軋んで、身体が机から離れる。直後に脇を支えられ、強引に立ち上がらされた。

「杜若さんっ」

慌てて言い募ろうとすると、肩を摑まれた。

頑強な腕は、ヒョロッと背ばかり伸びた鉄二をいとも容易く制した。

「優しく言ってやってるうちに諦めろ」

いつもより低いトーンにハッとなる。

見れば、杜若の双眸が鈍い光をたたえていた。

「あ」

ゾクリと、背筋が震えた。氷でできた針で脳天を貫かれたような衝撃に、身体が硬直して息が詰まる。

「分かったな」

杜若がはじめて見せた極道の気迫に、鉄二はようやく今まで繰り返されてきた言葉の意味を知った。

生きる世界が違う――そう言われているのだ。

「……杜若、さん」

けれど、今さら「真っ当に生きろ」などと言われても、鉄二にはその「真っ当な生き方」が分からない。

ひりつく喉を喘がせ、声を絞り出す。

「だけど」

全身が小刻みに震える。

これほどの恐怖を、たったひとりの人間から感じたことなどなかった。

「あなたが、言ったんです」

「……はぁ？」

なおも食い下がろうとする鉄二に、いよいよ杜若が眉間に皺を寄せた。

その名のとおり、鬼のような形相だ。

「付き合ってくれるって、言ったのは、あなただ」

身が竦む。足が震えてどうしようもない。

背後で窪が「頭、落ち着いてください」と言う声が聞こえた。

圧倒的な恐怖を覚えつつ、それでも、鉄二は言わずにいられなかった。

「意味がない人生なら、意味を探せばいいだけだと言ったのは、杜若さんだ」

「だからその意味を――」

ずい、と間合いを詰めて睨めつけられるが、鉄二は怯まなかった。

杜若の言葉を遮り、想いのたけを込めて叫ぶ。

「僕は、ここに意味を、見つけたんです！」

自分でも驚くような声。

十六年の人生で、こんな大声を出したことがあっただろうか。

大切だった母と別れなければならなかったときでさえ、鉄二は黙っていた。泣きもせず、ただ黙って目の前の現実を受け入れた。

「お前……」

感情をあらわに言い返す鉄二に、杜若が唖然とする。

「欲しいものが見つかるまで、とことん付き合うと言ったのは、あれは……嘘だったんですか！」

胸いっぱいに息を吸い込んで声を放つと、自然と身体の強張りが解けた。

鉄二は自ら足を踏み出し、ダークグレーのシャツの胸許を摑んだ。

「杜若さん！」

負けじと睨み上げる。

すると突然、杜若が相好を崩した。

「あー」

へらへらとした愛想笑いを浮かべ、さっきまで鉄二が座っていた椅子にドスンと腰を下ろす。

「ありゃノリだ、ノリだよ。ヤクザの口約束なんざ真に受けるな」

冷汗が滲むほどの威圧感が嘘のように、杜若が軽い口調で鉄二を茶化す。

「な、に……」

杜若への畏怖（いふ）に冷え切っていた心が、まったく別の感情で凍りつく。

シャツを握った手がわなわなと震えた。

「ノリ……だって？」

胃の底が焼けつくように熱い。

鉄二は込み上げる怒りを抑える術（すべ）を知らなかった。

「ノリで、人生を語るんですか。ヤクザって――」

パッと杜若のシャツから手を放すと、デニムのポケットに突っ込んだ。

「鉄？」

微塵（みじん）も悪びれる様子のない杜若がわずかに顔を顰める。

その目の前で、鉄二はポケットから取り出したメスの刃を一閃（いっせん）させた。

「……なっ」

杜若が瞠目する。

鉄二は左の掌を掲げてみせた。親指の下から小指の下まで、まっすぐに赤い線が走っている。

「今になって突き放すなら、いっそあのときに殺してくれればよかったんです」

ホルダーの中に折りたたんで刃をしまえるメスを、鉄二は自分の首へ添えて続けた。

「それとも、今ここで自殺させてくれますか。そうすれば二度と杜若さんの前に現れることもなくなる」

首筋に触れる小さな刃先の感触に、鉄二はうっとりと目を細めた。

杜若への激しい怒りが身を焼き尽くさんばかりに燃えている。

それなのに、心は凪いだ海のように穏やかだ。

いいや、嵐の前の静けさと言うべきか。

これから己の身に襲いくる苦痛と快楽を予測して、狂気が手ぐすねを引いている。

「ガキが強がってどうする。痛い目見て泣き叫ぶだけだ」

杜若はただの脅しと決めつけているのか、すぐに平静を取り戻したようだ。

「忘れてませんか。僕が好んで痛い目を見る人間だってこと」

脅しなんかではないと、鉄二は首に添えた刃先をほんの数ミリ滑らせた。

痛みはほとんど感じない。

ただ、きれいに切り裂かれた皮膚の狭間に空気が触れて、かすかにひんやりと感じる。

「鉄」

さすがに冗談ではないと察したのか、杜若が唇を噛む。

左の掌の傷から血が流れ、手首から腕を伝って落ちていく。

「生きている意味を探すために、ひとりで生きるなんて――」

杜若がいれば、そういう生き方ができるかもしれないと思えた。

なのに、今になって見捨てるのか――。

「僕はうんざりです」

杜若の目を見つめて言い放つと、ホルダー部分を握り直し、鉄二はメスの切っ先を頸動脈のあたりに突き立てた。

「ガキが舐めた真似するんじゃねぇよ！」

しかし、刃先が皮膚を突き破るよりも一瞬速く、杜若が鉄二の手からメスを打ち落とす。

「――ッ！」

なんの気配も感じさせなかった神がかった動きに、鉄二は信じられない想いで杜若を見返した。

「な、んで……邪魔するんですか！」

カッとなって頭に血が上る。

しかし、杜若は淡々とした様子で、床に落ちた鉄二のメスを拾い上げ、茫然と立ち尽くす窪に呼びかけた。

「窪、救急箱だ」

「は、はいっ」

窪がアタフタと二階の事務所へ向かう。

「……だったら！」

手にしたメスを物珍しそうに眺める杜若に、鉄二は食ってかかった。

「傍に置いてくれないのなら、いっそ殺してください！」

「黙れ、クソガキ」

摑みかかろうとした手首を容易く捉えると、杜若はその大きな手で鉄二を封じ込めた。

「死ぬならよそでやれ。他人に迷惑かけるんじゃねぇよ」

血の滴る鉄二の左腕を眇めた目で忌々しげに見て吐き捨てる。

「……くそ、くそっ」

今まで口にしたことのない下品な言葉を繰り返す。

杜若だけは、自分を受け入れてくれたと思い込んでいた。

なのに、傍にいることも、死ぬことも許してはくれない。

鉄二は裏切られた想いに悔しさを滲ませ、打ち拉（ひし）がれるほかなかった。

「だが、まあ」

そのとき、拘束をゆるめることなく目を伏せたかと思うと、杜若が深い溜息を吐いた。

その声のトーンがわずかに変わった気がしたのは、気のせいだろうか。

「確かに……お前の言うとおりだ」

「え？」

訝り、首を傾げると、ようやく手が解かれた。

「あのとき、ノリで偉そうなことを言っちまったのは間違いねぇ。お前があんまり不憫でな、つい……」

杜若がさも申し訳なさそうな顔で言うのを聞いていると、怒りが少しずつ鎮まっていく。

「思いつきで口にした言葉を、お前がそこまで深く受け止めてくれてるとは、正直思っちゃいなかったんだ」

そこまで言って、杜若はだらりと垂れた鉄二の左手を優しく摑み取った。

「頭、持ってきました！」

窪が救急箱を抱えて飛び込んでくる。

「ああ、ご苦労さん。お前は仕事続けてろ。こっちのことは気にするな」

杜若は救急箱を受け取ると、窪にそう命令した。

「でも……」

窪が不安そうにちらっと鉄二を見やる。また暴れ出しやしないかと心配なのだろう。

「得物は俺が押さえたし、鉄二も馬鹿じゃねぇ。もう落ち着いたから大丈夫だ」

「……分かりました」

窪が渋々とチラシ折りの作業に戻る。

杜若は鉄二を椅子に腰かけさせて、掌の傷の手当てを始めた。

「悪かったな、鉄」

乱暴な手つきで消毒液を掌に振りかけ、杜若が神妙な面持ちで頭を下げる。

「え、いや、あの……」

大の大人、しかも弱小とはいえヤクザの組長が、高校生に深々と頭を下げるなど信じられない光景だった。

鬼のごとき狂気をまとったかと思うと、瞬時に人の好さそうな笑みを浮かべる杜若に、鉄二はみっともなく翻弄(ほんろう)される。

「いや、俺が間違ってた」

消毒し終えた掌に、大判の絆創膏(ばんそうこう)を貼ってくれる。深爪(ふかづめ)の指先はあまり器用ではなくて、肌色のテープの部分に皺が寄った。

鉄二は杜若の声を聞きながら、黙って手当てされていた。

「お前の本気を舐めてた」

続けて杜若が「首、見せろ」と促す。

鉄二が自ら切りつけた首の傷は大したことがないと分かっていたが、言われるまま従った。

「もう瘡蓋になってきてるが、こっちも一応貼っとくか」

消毒はせずに絆創膏を一枚取り出す杜若に、鉄二はコクンと頷く。

なぜだかくすぐったいような感じがして、杜若の目を見るのが恥ずかしい。

幼い頃、何度も病院で傷や病気の治療を受けてきたが、その最中にこんな面映い気持ちになったことはなかった。

「よし、こんなもんだろう」

首に絆創膏を一枚貼り終えると、杜若が大袈裟に息を吐いた。

「ありがとう……ございます」

左の掌を見やりながら、右手で首筋の絆創膏をなぞる。

「お前のそういう素直なところが、俺は気に入ってるんだ」

「――え？」

不意に投げかけられた言葉を、鉄二は一瞬、理解できなかった。

「頭のイカれた厄介なガキだと思ってたのに、俺はどうも……お前を放っておけねぇんだよ」

くしゃりと破顔して、バツが悪そうに打ち明ける。

「お前を遠ざけるの、ワザと避けてたんだ。そのうち飽きて来なくなるだろうと思ってな」

「どぅ……して？」

杜若が何を言おうとしているのか、分からない。

面倒な奴だと思われていたのではなかったのか。

鉄二の心臓がおかしなリズムで鼓動を打つ。

「だから、一度口に出したからには、約束は守ると言ってるんだ」

杜若がゆっくりと手を伸ばし、鉄二の頭を乱暴に撫で回した。

「お前が飽きるまで……付き合ってやるよ」

目の前に、太陽のような笑顔があった。

「本当……ですか？」

信じられない。

「ああ」

杜若がゆっくりと瞼を伏せて頷き、そうして再びまっすぐに鉄二を見つめて笑う。

「ここに……来てもいいんですか？」

「好きなときに来ればいい。ただし、ちゃんと学校に行って、家にも毎日帰ると約束しろ」


優しく頭を撫でられるたび、心臓が軋む。胸が苦しくなる。

どうしてだか目頭が熱くなるのを感じて、鉄二は項垂(うなだ)れた。

ともすると涙が溢れ出てしまいそう。

「約束、します」

みっともない顔を見られたくなくて、俯いたまま答える。

「そんで、パソコンの方、頼むわ」

「え？」

ハッとして顔を上げると、杜若が意地の悪い笑みを浮かべていた。

「実を言うと、すっかりお手上げ状態でな」

ちゃっかりしたものだと感心しつつ、決して悪い気はしない。

「お前がやってくれると、助かる」

背後から窪が「やった！」と叫ぶのが聞こえた。

「僕でよければ、いくらでも……」

鼓動が速い。

自分が今どんな顔をしているのか、想像もつかない。

嬉しくて、嬉しくて、鉄二はちゃんと声が出ているかも分からないほどだった。

杜若が居場所を与えてくれた。

「ああ、よろしく頼むぜ」

杜若が自分を見つめ、笑ってくれる。

この笑顔は今、自分ひとりだけのものなのだ。

そう思うと、鉄二はかつて母にも与えられなかった幸福を手に入れたような気がした。

「あの……」

全身の肌の上をさざ波が走るような感動の中、鉄二は思いきって杜若に問いかけた。

「あの、一鬼さん……って、呼んでもいいですか？」

誰かの名を呼びたいと思ったのは、生まれてはじめてだ。

自分でもどうしてそんな欲求が湧(わ)いたのか分からないまま、衝動に突き動かされる。

救急箱を手に背を向けかけていた杜若が振り返った。

そして、また頭をぽんと軽く叩いてくれる。

「好きに呼べ」

たったひと言が、鉄二には堪らなく嬉しかった。

【三】

「お坊っちゃんがあんなナイフ持ち歩いてちゃ、いかんだろ」

木根商会に通う大義名分を得た鉄二は、夏休みが終わるとほぼ毎日事務所に顔を出すようになった。

「だから、その呼び方やめてください」

制服で来られると困ると杜若に言われたため、途中の駅で私服に着替えることにした。学校が終わると制服や通学鞄をコインロッカーに押し込んで、ワンショルダーのバックパックを背に『出勤』するのだ。

「そう言うけどな、お前のそのお上品な喋り方とか、端々から滲み出る雰囲気が……こう『お坊っちゃん』て感じなんだから仕方ねぇだろ」

「それって一鬼さんの勝手な基準じゃないですか。とにかく、今度僕のことを『お坊っちゃん』なんて呼び方したら、次こそ店の前で首掻き切って死にます」

カタカタとリズミカルにキーボードを叩きながら、鉄二は後ろの席で煙草を吹かす杜若に言った。

「冗談言うな。……てか、ああいうナイフってふつうに買えるもんなんだな」

「ヤクザが何言ってるんですか。通販でふつうに売ってますよ。ちなみに、銃刀法や薬事法にも触れませんから」

「へぇ、知らなかったよ」

今日、窪は午後から客と物件の内見に出かけているということだった。不動産屋の仕事は主に窪と杜若で担当しているらしい。窪は高卒で就職した経験があり、見た目もヤクザらしくはない。それが彼がこのシノギを任されている一番の理由だ。

ちなみに、真鍋は木根商会の若衆頭でありながら、その容姿から一階の店に出入りすることを禁じられている。ほかの若い衆も似たような事情で組のシノギには関わっておらず、外へバイトに出ているようだった。

「一鬼さんは、今日は予定ないんですか？」

「お前ひとりで店番させるわけにいかんだろうが」

短くなった煙草を灰皿に押しつけて、杜若が大きな欠伸をひとつする。

「それは、そうですけど」

鉄二は肩越しにちらりと杜若の様子を窺った。

とにかく、木根商会には金がない。

この不動産屋の収入だけで組の運営を賄わなければならないのだが、儲かっていないことは誰の目にもあきらかだ。

所有する物件はそれなりにあるのだが、どれも昭和の時代に建てられたものや、曰くつきのものばかり。自分たちでできる限りの修繕は施しているらしいが、なかなか借り手がいない。経費がかさむばかりで近いうちに倒産するのではないかと心配になるほどだった。

「そういえば、集金に行くとか言ってませんでしたか？」

手を止めて椅子を回転させ、出がらしのお茶を啜る杜若に問いかける。

「窪が帰りに回ってくるってよ」

組の厳しい実情などどこ吹く風といった様子で、杜若が呑気に答えた。

「留守番ぐらいできますから、一鬼さんは自分の仕事してください」

どうせ客などほとんど来ない。

鉄二が来るようになって客の姿を見たのは、片手で足りるほどなのだ。

「仕事なぁ……」

杜若が溜息交じりに苦笑する。

「鉄、お前、なんかいい金儲けの方法、思いつかねぇか？」

冗談めかしているが、本音だろうとすぐに分かった。

「金儲け……って、カタギの高校生に何訊いてるんですか」

そこまで逼迫した状況なのだろうかと内心困惑しつつ、鉄二はいつもと同じ調子で言い返す。

「高校生でも、お前は俺やウチの連中より頭がいい。参考までにご意見お聞かせ願えませんかねぇ」

戯(おど)けてみせる杜若に、鉄二は返す言葉が思い浮かばない。

父からの養育費のお陰で何不自由ない生活を送っている。そこから出される月の小遣いも持て余すくらいだった。

「高校ぐらい出ときゃ、もうちっとマシだったのかもしれねぇな」

困惑する鉄二に、杜若が穏やかに微笑(ほほえ)んだ。

先代の頃まではテキ屋のシノギでかなり稼いでいたと聞いている。

しかし、暴力団排除条例が日本各地で発布された影響で、縁日や祭事場から暴力団と繋がりのあるテキ屋が締め出されてしまった。

お陰で木根商会は一番の収入源であるシノギから手を引かざるを得なかったのだ。

関東一の勢力を誇る団体に属しているといっても、もともと木根商会は小さな組織だった。杜若の祖父である初代がテキ屋の出で、その由縁で田渡組下部組織と兄弟盃を交わして木根商会を立ち上げた。

「どうして、高校行かなかったんですか？」

「お前、そういうナイーブなこと平気でサラッと訊くよな」

杜若が子供みたいに唇を尖らせる。

自分でも無神経だとは思ったが、杜若が甘やかしてくれるので、鉄二は近頃すっかり遠慮をなくしていた。

「気になったから訊いただけです。答えたくないなら、別に構いません」

子供扱いされていると分かっているが、それを悔しいとは思わない。実際、自分はまだ大人の手を借りなければ生きていけない子供だと自覚している。

ただ、鉄二はささやかな不安を抱えてもいた。

これまで周囲に甘やかしてくれる大人がいなかったため、どこまで杜若が許してくれるのか分からないのだ。

「別に嫌なんて言ってねぇだろ」

杜若はいつも鉄二に笑いかけてくれる。

ときには冗談を言って揶揄ったり、自ら戯けて鉄二を笑わせたり。

「環境ってヤツだろうな。ガキの頃からヤクザになるモンだと思ってたし、自分の道はコレしかねぇと信じてた。勉強なんかやっても意味ねぇって、本気で思ってたからなぁ」

初代、二代目ともに昔気質のヤクザ者で、時代の流れにのれないまま杜若が三代目を継いだ。今どきの経済ヤクザとは真逆の、義理人情に重きを置く任侠を気取った先代は、借金と自社ビルだけを残して呆気なく死んだのだ。

「まあ、後悔はしちゃいねぇが、勉強はもう少しやっときゃよかったかもなぁ」

元来の気性なのか、それとも鉄二を身内と思い始めたのか。杜若はときどきこうして胸の内を吐露するようになった。

「お前を見てると、そう思っちまう」

柔和な笑みに少しだけ陰を落として、杜若が新しい煙草に手を伸ばす。

嫌みで言っているのでないと分かっていても、鉄二はどうにも切なくて堪らない。

杜若の傍にいて、少しでも役に立てるなら、嬉しい。

けれど、自分が傍にいることで、今みたいに寂しげな顔をさせてしまうのは嫌だ。

「一鬼さん……」

こそりと右手でデニムのポケットを押さえる。そこには常に、愛用のメスが入っていた。

心が震えて、落ち着かなくなると、鉄二はメスに触れる。

本当は取り出して腕の内側を切りつけたかった。

けれど、今、ここでそうするわけにはいかない。

薄く鋭利な刃先が肌を切り裂く様を思い浮かべると、トクンと心臓が跳ねて身体が熱くなった。沈みそうになる気持ちがふわりと浮き上がってなんとなくホッとする。

「吸いすぎじゃないですか。僕が来てからもう五本目ですよ、それ」

どす黒い衝動をやり過ごし、平静を装って注意する。

「煙草ぐれぇ好きに吸わせろよ」

かすかな苛立ちを滲ませて、杜若が鉄二を睨みつけた。

「考えごとするときは、コレがねぇと頭が働かねぇんだよ」

「あの、言っておきますけど、喫煙は……」

――末梢血管を収縮させて血流を悪くする。

言いかけて、鉄二は口を噤んだ。

火の点いた煙草を手に机に肘をつき、杜若が溜息を吐いたからだ。口許はわずかに綻んでいるが、俯いた横顔は苦しげに見える。

「組のことが一番大事で、どうにかしなきゃならねぇって分かっちゃいるんだよ」

どうしてしまったのだろう。

「……一鬼さん」

杜若が人前で弱音を吐くところなど、想像したこともなかった。

自虐的な言葉を口にすることはあっても、いつもそれは冗談めいて、苦悩を感じさせることはなかったのだ。

「けどなぁ……鉄。どうすりゃいいのか、俺には分からねぇんだ」

大きな手で額を覆う杜若の表情は読み取れない。

しかし、かすかに震える声が、想いの深さを鉄二に突きつけた。

不動産屋の収入はたかが知れている。親組織である田渡組への上納金を納めるのが精々だろう。

真鍋や部屋住みの若い衆は、日雇いのバイトやほかの仕事でなんとか生活しているが、このままでは木根商会の存続も危うい状況だった。

実際、鉄二も一応はアルバイトの名目で不動産屋を手伝っているが、一度も給与を受け取ったことはない。

杜若はバイト代を出すと言い張ったのだが、鉄二が断ったのだ。学校は勿論、家にも居場所がないかわりに、木根商会にいさせてもらうのだからと受け取りを拒否し続けた。

永遠に続くかと思われた沈黙を破ったのは、杜若だ。

「悪ぃな、鉄。くだらねぇ愚痴、聞かせちまった」

我に返った杜若が、いつもの屈託のない笑顔で鉄二に謝る。

「そんな、何も謝るようなこと……」

空元気を装う杜若の心情を思うと、鉄二はどうしようもなく苦しくなる。

無理に作った笑顔ではなく、心から杜若に笑って欲しい。

胸が軋むような息苦しさと同時に、身体中の傷痕が疼いた。

ポケットの中のメスを強く意識して、デニム生地の上からぎゅっと握りしめる。

「俺が沈んでちゃ、組のモンに示しがつかねぇ、鉄、さっきのは忘れてくれ」

ほとんど吸わずに燃え尽きかけている煙草を消し、杜若が立ち上がる。

「向かいの喫茶店に出前頼むが、お前、プリンでも食うか？」

にこやかに訊ねられ、鉄二は頷くことしかできなかった。

杜若の笑顔が偽物だと分かるから、無理をしていると知っているから、遠慮も「無駄遣いするな」と忠告することもできない。

店を出ていくダークシャツの背中を黙って見送った。

季節はすっかり秋めいて、空にはいわし雲が広がっている。

杜若さんに、笑って欲しい。

あの人の役に立ちたい——。

その日、祖父母と暮らす家の自室で、鉄二はノートパソコンに夜遅くまで向き合っていた。


「いきなり劇的な収入を得たところで、税務署や警察に目をつけられると面倒です」

数日後、鉄二は木根商会の事務所で、杜若と真鍋にそう切り出した。

「いきなりなんだよ、偉そうに」

ファイルにまとめられた書類を興味なさげにパラパラと捲(めく)って真鍋が吐き捨てる。

「木根商会の経営を立て直すにはどうすればいいか、僕なりに考えてみたんです」

黙って書類を読んでいた杜若が、あからさまに不機嫌な顔つきになった。

「鉄、お前いつから身内になったんだ。店の手伝いをしてもらってはいるが、ウチの中のことに首突っ込んでいいなんて言ってねぇぞ」

そう言って、閉じたファイルを乱暴に事務机の上に投げる。

ひと睨みされて怖じ気づきそうになったが、鉄二は負けじと言い返した。

「カタギの高校生の前でみっともない愚痴を零したのは、どこの組長サンでしたかね」

できる限り嫌みたらしく、杜若を煽る。

すると、瞬時に杜若の目の色が変わった。

「テメェ、冗談も大概にしろよ」

ふだんよりも低く重い声で唸り、鉄二を上目遣いに睨めつける。

「僕に口止めしたこと全部、真鍋さんに話すところから始めましょうか？」

怯むことなく言い返す鉄二と、怒気を孕む杜若の間で、真鍋が戦々恐々として身を竦めた。

杜若が右の口角をきゅっと引き上げて、鉄二を見据えたまま立ち上がる。

「鉄、俺を馬鹿にしてんのか？」

口調は淡々としているが、声が怒りで震えている。奥まった双眸が血走って、眉間に深い皺が刻まれていた。

「馬鹿になんかしていません。僕はただ、一鬼さんや木根商会の役に立ちたいだけです」

杜若の鋭い視線を真正面から受け止め、答える。全身がガタガタと震えそうになるのを必死に我慢して、平静を装った。

「だから、それが……」

「強がって、見栄を張ってりゃ、どうにかなるってものじゃないことぐらい、一鬼さんだって分かってるんでしょう！」

杜若の声を遮り、鉄二は声を張りあげた。

真鍋と、そして杜若も驚いた様子で瞠目している。

「誰も口に出して言わないだけで、木根商会が火の車だって分かってるはずです。それなのに、組長の一鬼さんがへらへら笑って『平気だ』なんて言ってるから、真鍋さんや窪さんだって言いたいこと言えずにいるんじゃないですか」

鉄二は同意を求めるように真鍋を見やった。

「本当か、真鍋」

杜若にも睨まれて、真鍋がギョッとして俯いてしまう。

「え、いや、オレは……その、どっちかってぇと迷惑かけてる方なんで……」

「とにかく、このままでは木根商会は一鬼さんの代で潰れてしまいます」

　鉄二は杜若が投げ出したファイルを押しやった。

「所詮はカタギの高校生が考えたことですから、上手くいく保証なんてありません。でも、何もしないよりはいいと思いませんか」

　杜若が不服そうな顔をしながらも、ファイルに手を伸ばした。

「木根商会が大事だって、一鬼さん、そう言ってましたよね」

　カタギで、子供扱いしている鉄二の言うことを、杜若が聞き入れられないのは当然だと思う。

「どうすればいいか分からないなら、一度だけでも僕の話を……」

「分かった」

　全部言い終わらないうちに、杜若がファイルを手に立ち上がった。

「え」

　鉄二は信じられない想いで杜若を見返した。

「いいんですか、頭」

　真鍋が困惑の面持ちで鉄二と杜若を交互に見やる。

「いいもクソもあるかよ」

　そう言った杜若の表情は、ほんの数秒前からは想像つかないほど清々しい。己の中の悩みやしがらみが吹っ切れたのか、いつもの明るい笑顔を鉄二に向けてきた。

「金儲けの手段もテメェで考えつけねぇ貧乏ヤクザが、この先も代紋掲げていくのに、迷ってる暇はないだろ」

鉄二をしっかと見据え、杜若が笑う。

「お前の言うとおり、木根商会は火の車、風前の灯ってヤツだ。そんなウチをどうやって立て直せばいいのか、正直俺にはこれっぽっちも想像できねぇ」

自嘲的な台詞を口にしつつも、杜若の双眸は決して澱んではいない。

「鉄、俺は難しい話は分からん。多分、真鍋やほかの連中も同じだろう。ウチは掃き溜めみたいなモンだからな」

「何も、そこまで言わなくてもいいじゃないですか」

杜若の笑顔に誘われるように、鉄二の頬が自然に綻んだ。

「お前がしたいようにしてくれ。俺たちはできる限りお前の指示に従う。今のままじゃ遅かれ早かれ破門か解散になるのが目に見えてるんだ。最後に大博打、打って出るってのも面白ぇじゃねぇか」

杜若はもうすっかりいつもの姿を取り戻していた。

「お前もそう思うだろ、真鍋？」

眩しいほどの笑顔で真鍋の肩をバシバシと叩く。

「ちょっ……！　痛いって、頭っ」

真鍋のスキンヘッドまでペチペチと平手で叩き出した杜若は、ここ数日では見たことがないくらい上機嫌だ。

——思いきって話してみて、よかった。

鉄二は安堵の溜息をこっそりと吐いた。

杜若の零れ落ちんばかりの笑顔に、胸がじんわりとあたたかくなっていく。

身体を内側からあたためてくれる名も知らぬ感情を、鉄二はしっかと嚙みしめた。

何があっても、杜若の期待と信頼に応えたい。

この太陽のように眩しい笑顔を、二度と曇らせたりはしない。

「じゃあ、詳しい話を聞こうじゃねぇか」

真鍋を弄るのに飽きたのか、杜若が興奮した様子でやっと椅子に腰を下ろした。

「頭が聞いて、理解できるんですかね」

真っ赤になった頭を撫でながら、真鍋がムッとして吐き捨てる。

「なぁに、俺らが分からなくたって、鉄がどうとでもするさ」

肚を括ったのだろう。

「なあ、鉄」

杜若はもうどんなことにも動じないとばかりに、鉄二に同意を求めた。

「ええ——」

期待に満ちた瞳に見つめられ、鉄二は激しい昂りを覚える。

一鬼さんの期待に応えたい。

うんと役に立てば、ずっと傍に置いてくれるだろうか。

トクンと、心臓が震える。

「僕が全部、責任を持ちます」

くっきりとした二重の双眸を見据え、大きく頷いてみせた。

「はじめに言ったとおり、一朝一夕で儲けようという話じゃないので、気長に考えてください」

真剣な表情で切り出した鉄二に、杜若も真鍋も無言で頷いた。

鉄二はまず、遊んでいる物件は手放すか、更地にして駐車場にすべきだと提案した。

「え、売るのか?」

杜若はどうもこのあたりの価値感が古いようで、土地はいくらでも持っていた方がいいと思っているらしい。

「借り手もいないのに管理費ばかりかさんで、今では負担でしかないはずです。それに駅周辺の再開発が決まって、このあたりの地価が上昇傾向にあるんです。更地にしておけば、今後、高値で売れるのは間違いありません」

鉄二の説明に、杜若が「そういや、そんな話があったな」と頷いた。

「ですが、更地にするにも費用がかかるので、少しでも出費を抑えたいんです」

鉄二の話に二人は真剣に耳を傾ける。

「まず、手頃な物件をここの若い人たちの名前で契約します。勿論、書類の上だけで構いません。紙の上だけでいいので家賃収入を得るんです」

帳面のことはどうとでもなると、杜若に確認済みだ。

木根商会が先代から世話になっている会計士がいる。蛇の道はなんとやらで、この会計士の顧客は暴力団や風俗店など裏稼業を営む者ばかりだそうだ。

金を積めばそれなりの融通も利かせてくれると聞いて、鉄二はほくそ笑んだ。

鉄二が提案した方法は決して特別なものではない。

「契約書は二種類用意します。家賃の金額が違うものです」

「その差額をポケットにしまうってことか」

真鍋が手許の書類を見て呟くのに、鉄二は「そうです」と頷いた。

雀(すずめ)の涙ほどの金額だが、家賃収入がある、人が住んでいるという形を残す必要があった。

「まあ、本当に住まわせてもいいかもな。ウチの上じゃ若い連中も気詰まりだろうし」

杜若が言うのに「それは勿論、構いません」と続けた。

「そして半年ほど経った頃に、物件を取り壊す。このとき、立退料(たちのき)は控除されます」

土地の売却先は、小規模の不動産事業者がいいと提案した。

弱小とはいえ木根商会は指定暴力団傘下組織だ。曰くつきの物件は買い手がつきにくい。

「袖の下を匂(にお)わせて、食いついてきたところから選ぶんです」

再開発後に地価が上昇するのは素人にでもわかることだ。だが、ヤクザの管理する物件をすすんで手に入れようという者はなかなかいない。

「けれど、後々高く売れるのは分かっているんですから、きっと買い手は見つかります」

一度、暴力団の息がかかっていない事業者の手に渡れば、土地の価格は今の査定より一気に上がるだろう。

広さや場所によっては更地にしても売れないような物件は、貸し駐車場にすればいい。

「ただ、売却先の担当者や会計士にはいくらか都合しないといけないでしょうね。第三者やほかの組に内情を漏らされると面倒なことになりかねませんから」

この方法なら、早ければ二年後にはいくらかまとまった金が木根商会に入ることになる。

「資金があれば新しい事業を起こすこともできます。不動産業にもっと力を入れてもいい」

「なんか……頭の中がグチャグチャになって、よく分からなかったんだけどよ」

真鍋が書類の上に顔を突っ伏す。

「土地やらなんやら売って、金にしようってことだな?」

「な――！」

杜若が咄嗟に腕を顔の前に掲げる。

輪ゴムが外れ、一万円札がヒラヒラと宙に舞った。

「僕のしたいようにさせてくれると、言いましたよね」

何があっても、今回だけは引き下がるつもりはない。

真鍋が茫然とする。

杜若はキッと鉄二を見据えていた。

「ここまでさせるようなものを、何かしなきゃと思わせるものを、一鬼さんや木根商会の人たちは僕にくれました」

精一杯の気迫を込めて杜若を見つめる。

「僕なりに、覚悟を決めたんです。だから――」

そのとき、杜若がふわりと微笑んだ。

「仕方ねぇなぁ」

机に舞い落ちた札を数枚拾い上げ、ぎゅっと握りしめる。

そして、ニヤリとふてぶてしい笑みを浮かべた。

「お前と心中してやらぁ」

手にした札を鉄二に投げつけると、杜若が高らかに笑い声を放つ。

「一鬼さん……っ」

ぶわりと、総毛立った。

指先の毛細血管までが膨張して、血が吹き出すかと思うような興奮。

いっそ、今この瞬間に死んでしまえたら、どんなに幸せだろうと思った。

「頼んだぜ、鉄」

鉄二はこのときはじめて、心から杜若に認められた気がしたのだった。

【四】

「なあ、窪」

「なんすか、真鍋さん」

煙草を吹かして気怠げに呼びかける真鍋に、窪が振り向きもせず応える。

「下で雇ったおばちゃんに、出がらしの茶を客に出すなって言っとけよ」

「ああ、それなんですけどね。何度言っても『まだ出る、勿体ない』の一点張りなんすよ」

木根商会事務所の二階にある事務室で、鉄二は聞くとはなしに二人の会話に耳を傾けていた。

平日の昼下がり。鉄二は制服の上着を脱ぎ、ネクタイを外しただけの格好で、三つ並んだパソコンのモニターを見つめキーボードを叩き続ける。

「ウチはもう昔のしみったれた不動産屋じゃねぇんだ。その辺、きちっと言ってきかせろ。木根商会の沽券に関わんだよ」

真鍋が耳に残るピアス穴を弄りながら言う。

「それぐらい分かってますよ。……ていうか、真鍋さんコッチの仕事に口出すのやめてくれません？」

不動産事業部長という肩書きを持つようになった窪が、なめらかなキータッチで営業報告書を打ち込みながら言い返す。

鉄二が木根商会の立て直しに取り組むようになって、一年半と少しの月日が流れていた。

木根商会はいくつかの管理物件を手許に残して土地などを処分し、新たに駅前にビルを一棟手に入れていた。そのビルにはカラオケ店や飲食店が入っており、すべて木根商会の構成員が店長や支配人を務めている。

「おい、窪よぉ。随分と偉そうな口利くようになったじゃねぇか」

「俺も以前の俺とは違うんですよ。真鍋さんだってそうでしょ」

スキンヘッドにピアスだらけの耳、トライバルが刻まれた肩で風を切っていた真鍋も、髪を伸ばしてピアスを外し、スーツに身を包んで駅前ビルのバーとスナックの支配人となっていた。

駅から離れた場所にあった組事務所のビルは、そのまま残してある。

一階の不動産屋は若い衆が新たな店長として切り盛りしていた。

鉄二は、この春で高校三年になった。

学校は相変わらず行ったり行かなかったりだが、成績さえ上位をキープしていれば、あとは金の力でどうとでもなる。

　今や鉄二は木根商会のビジネスコンサルタントとして、なくてはならない存在となっていた。

　最初は微々たる収益をあげることしかできなかったが、鉄二は構成員たちに教育と実践の重要さを説き、彼らを貴重な戦力に育てあげることに成功した。

　以前はビルのあちこちで暇を持て余しているか、日雇いのバイトに出るしか能がなかった彼らも、今では木根商会直営の事業に関わり収益をあげている。

「それにしても、オレらもすっかり変わっちまったよなぁ」

　真鍋が伸びをしながら紫煙を吐き出す。

「スーツ着て客に頭下げて……これじゃあカタギとどう違うんだ？」

「真鍋さんは働くのが嫌でヤクザになったんですもんねぇ」

　窪がくすっと笑うのを、真鍋がキッと睨みつけた。

「お前なんかもうすっかりサラリーマンじゃねぇか」

「なんとでも言ってください。俺は前より今の方が全然いいと思ってますから」

　窪は意に介さない。

　鉄二もまったく予想していなかったのだが、窪は昨年、宅建——宅地建物取引士資格試験に一発で合格した。

不動産事業を本格的に任せると決めたとき、ものは試しと受験するようすすめてみたのだ。

「鉄も、頭も言ってたじゃないすか。これからはもう脅しすかしでヤクザが成り立つ世の中じゃないって。ほかの組もどんどん企業化してるのに、ウチはずっと時代遅れだったんすよ」

資格を得、組でも重要な役割を与えられたことで、窪は自信を持ったようだ。真鍋に対して臆(おく)する部分がすっかりなくなっていた。

「知ったふうな口利いてんじゃねぇ」

不満げに吐き捨てる真鍋に、窪がたたみかけるように続けた。

「そういう真鍋さんだって金回りがよくなったとか、女の子にモテるようになったって喜んでたじゃないですか」

「そ、そりゃ、まあ、そうだがよっ」

働きたくないと言っていたわりに、真鍋は支配人という役割を上手くこなしている。以前はその容姿で周囲を威嚇(いかく)しまくっていたが、身なりを整えれば人懐こそうな好青年だ。下の者の面倒見もよく、何より女の気を引くのが上手い。つまり、真鍋は人たらしな一面を持っていた。

——よかった。

聞いていないフリをしつつ、鉄二はこそりと口許を綻ばせる。

自信がなかったわけではないが、木根商会の立て直しがここまで上手くいくとは思っていなかった。

組長である杜若がすべてを自分に任せ、構成員たちにもしっかりと言い聞かせてくれたお陰だろう。

何より、若い衆たちが鉄二の話を真剣に聞き入れ、彼らなりに必死に努力した結果が、木根商会をたった二年足らずでここまでにしたと思う。

「しかしまあ、本当に、ちょっと前のオレらからは想像もつかねぇよなぁ」

真鍋が感心したように繰り返す。

「はあ、そうですか」

窪はもうとり合うつもりがないのか、生返事で応えた。

「なんたって、頭が一番変わったと思わねぇか、窪よぉ」

頭、と聞いて、鉄二は思わず聞き耳を立てる。しかし、キーボードを叩く手はそのままだ。

「頭……ですか？」

窪が手を止めた。やはり自分たちの組長のこととなると聞き流すわけにはいかないらしい。

「だってよぉ、最近すっかりご無沙汰じゃねぇか。オレ、まともに顔も見てねえ」

真鍋が少し不満げに漏らす。

「そういやここ半年ぐらい、本当に忙しそうですよね、頭。毎日どこかしら出かけてるし」

杜若は木根商会の組長であり、社長でもある。組が持ち直してからは、何かと外渉に出かけることが多くなっていた。

「前はさ、いつも事務所にいて冗談ばっか言ってただろ。頭がいて笑ってると、オレらそれだけでなんか楽しかったよなぁ」

「確かに、頭の声がするだけで、なんていうか家にいるみたいな安心感があるっすよね」

真鍋と窪の意見には、鉄二も双手を上げて同意する。

木根商会はやはり杜若がいてこそだ、と。

「それによぉ、アッチの意味でもご無沙汰っぽいじゃねぇか」

真鍋が少し声を抑えて言うのに、窪が慌てて「ちょっと、鉄の前で何言い出すんすか」と返した。

鉄二は話が下の方へ向かおうとしていると察して、自ら首を突っ込む。

「なんですか？　僕にも聞かせてくださいよ」

十八歳の男子高生なら、性的な話題に食いついて当然だ。

「お、鉄二。お前もやっぱり気になるか」

　真鍋が下卑た笑みを浮かべて手招きする。

「頭にバレたって知らないすよ、まったく」

　窪がムッとするが、止める気はないようだ。椅子を回転させて真鍋に向き合い、わざわざ鉄二のためにスペースを空ける。

「バレるも何も、周知の事実？　なんだから気にするこたぁねぇよ」

　真鍋が楽しそうに肩を揺らした。

「そりゃまあ、頭の女癖の悪さは今に始まったことじゃないですけど」

「やっぱり一鬼さん、モテるんですか」

　鉄二はパソコンの電源を落とした。そして腰かけていた椅子を引っ張っていくと、窪が空けてくれたスペースに落ち着く。

「そりゃ、アレだけのイケメンなんだから、黙ってたって女が寄ってくるに決まってんだろ」

　かすかな嫉妬を滲ませて、真鍋が杜若の武勇伝を語り始めた。

「まだ先代が元気だった頃は、そりゃもうこの界隈のホステスやらなんやら、女というオンナから『若、若』って引っ張りだこよ」

　杜若はちょうど、三十半ばの男盛りを迎えようとしている。健康的な肌に彫りの深い顔立ちは、笑うとお日様のように明るく朗らかだ。きっちり整えた短髪が精悍さを際立たせ、嫌みのない逞しい身体に抱かれたいと願う女は数多に及ぶに違いなかった。

「けどなぁ、何がいけねぇって、頭はどうも飽きっぽいんだよなぁ」

「モテるのがいけないいんじゃないんすか。今の女が駄目でも次がすぐに待ってるんですから」

二人の話からすると、どうも杜若はひとりの女に入れ込んだことがないらしい。どんな美人でも、目を瞠るほどのグラマラスな肢体を持つ女でも、ある程度付き合うと興味を失うようだった。

「鉄二がウチに出入りするようになる前までは、それこそ取っ替え引っ替えだったからな」

「そう考えると、確かに最近、頭のまわりに女の匂い、しませんよね」

二人が揃って首を傾げる。

「忙しいからじゃないんですか？」

鉄二がそう言うと、真鍋が納得のいかない様子で俯いた。

「そうかもしれねぇが、これだけ長い間女がいないのは、はじめてじゃねぇかな」

もしそうだとして、問題があるのだろうかと鉄二は思った。

「ですよねぇ。一時は『チンコが乾く暇がねぇ』なんて冗談吹かしてたくらいですし」

「まさか、この忙しさでどこか具合でも悪いんじゃねぇだろうな」

「え、もしかして……勃たないとか？」

顔を見合わせ、真鍋と窪が目を見開く。

「いや、そりゃねぇだろ」

「ですよねぇ」

無駄に大きな声で二人が同時に笑い飛ばす。

「絶倫王とか呼ばれてたときがあったよなぁ」

「実際、頭のナニは凄いらしいっすからねぇ」

どんどん話が下へ下へと下品の一途を辿る。

「そうなんですか？」

調子を合わせて適当に笑ってみせながら、鉄二は出会ってから最近までの杜若の様子を思い出していた。

まだ出会ったばかりの頃、杜若が事務所に出入りするのを嫌がったので、鉄二は数日おきに来るようにしていた。

きっとあの頃、杜若は鉄二の知らないところで、多くの女を泣かせていたに違いない。

鉄二の前ではそんな素振りを見せなかったので、あまり気にしたことがなかった。

もともと、木根商会は女っ気のないところだ。女たらしの真鍋をはじめほかの若い衆が、自分の情婦を身内に紹介するようなこともない。

だから鉄二は、杜若が女にモテるだろうと思っていても、現実味を抱いたことがなかったのだ。

――アレが乾く暇がないって……。

どうして今、杜若の傍に女の影が見えないのかという疑問より、鉄二はまったく別のことに好奇心を掻き立てられる。

あの逞しい身体で、どれだけの女を抱き、泣かせ、捨ててきたのだろう。

夏だろうと常に黒やグレーのシャツに身を包む杜若の、いまだ目にしたことのない裸体を想像した。

――あ。

そのとき、鉄二は下腹がじくりと疼くのを感じた。

途端に、頭の中いっぱいにいやらしい妄想が溢れ出す。

セックスのとき、杜若はいったいどんな表情をするのだろう。

盛り上がった上腕で相手の身体を抱きしめ、腰を叩きつけ、絶頂の際には湿った声で吐息を漏らすのだろうか。

くっきりとした二重瞼の瞳が情欲に濡れる様を想像すると、堪らなく興奮した。

制服のズボンの下で股間が硬くなる。

鉄二は無意識にポケットに手を忍び込ませた。

手に触れるのは、常にそこにある折りたたみ式のメス。

今すぐ服を脱ぎ捨て、下腹を切り刻みたい衝動に駆られる。

ここ数カ月の間、木根商会の立て直しに夢中で、鉄二は自慰をほとんどしていなかった。

その証拠に、身体に残る傷痕は古いものばかりだ。

鉄二にとって自傷行為は自慰行為と等しい。

己を切り刻むことは、己を確かめ、慰めるのと同じこと。

「……っ」

杜若の猥雑（わいざつ）な噂話で盛り上がる真鍋と窪に気づかれぬよう、鉄二はこそりと熱い溜息を吐いた。

ポケットの中のメスで下腹の生っ白い肌を切り裂きたい。

傷口から流れ出す血が薄い陰毛を濡らし、勃起した未熟なペニスを濡らす様を想像した。

快感とも悪寒ともつかぬゾクゾクした震えが背筋を走り抜ける。

股間はもうすっかり硬く勃起していた。

そのとき、入口のドアが急に開いた。

「おいおい、随分と楽しそうじゃねぇか」

「げっ……」

「か、頭……っ」

　話題のネタである本人の登場に、真鍋と窪がギョッとして声を失う。

「一鬼さん」

　鉄二もまた、不埒な妄想に後ろめたさを覚え、硬くなった股間を隠すように背中を丸くした。顔が熱くなっているような気がして、杜若に不審がられないかと緊張する。

　いつものようにダークスーツに身を包んだ杜若が、奥にある机に腰を下ろした。

　鉄二の異変には少しも気づいていないようだ。

　しかし、杜若はポケットから煙草を取り出し口に咥えると、眉を寄せて制服姿の鉄二を睨みつけた。

「また学校サボッたのか、鉄」

「春休み明けから窪さんずっと忙しくて、事務仕事が遅れてるって聞いてたんで、手伝ってるんです」

　咄嗟に言い訳する。

　窪の手伝いは本当だったが、鉄二が近頃毎日のように事務所に顔を出すのには別の理由があった。だがその理由を、今はまだ杜若やほかの誰にも明かすつもりはない。

「学校サボッてまですることじゃねぇ。俺がどれだけ口酸っぱくして言ってきたと思ってるんだ」

たったの二年足らずで木根商会を立て直しただけでなく、企業ヤクザとしての指針を提案し続ける鉄二を、杜若は今もカタギの高校生として扱う。

「窪、お前もだ。なんのために事務員やパートを雇ったと思ってる」

「……すんません」

怒りの矛先が自分に向けられたことで、窪はすっかりしょげ返ってしまった。

真鍋もまたいつ雷を落とされやしないかと身を竦めて様子を窺っている。

「なあ、鉄」

杜若が紫煙とともに溜息を吐く。

「お前には本当に感謝してるんだ。学もなけりゃ先を読む力もねぇ俺にかわって、組を立て直し、若い衆を導いてくれた」

杜若はどことなく疲れた様子で鉄二を諭す。

「学校休んで、毎日顔出してくれなくても、もう大丈夫じゃねぇか？」

杜若が自分のことを考えてくれているのが分かるだけに、鉄二は何も言い返せない。

木根商会に出入りするようになって幾度となく繰り返された杜若との問答が、近頃鉄二には煩わしくて仕方がなかった。

そのとき、真鍋と窪が揃ってこそこそと事務室から逃げ出していった。

気がついているだろうに、杜若は意に介さない様子で話し続ける。

「高校生らしく勉強して、部活とかそういうのもあるんだろう？　友達と馬鹿やったり、女の子とかさ……」

ふと、鉄二は杜若が少しも笑っていないことに気づいた。

本気で怒ったときでなければ、いつも晴れやかな笑みを浮かべていたのに、杜若は事務室に現れてからずっと難しい顔をしている。

「俺はお前に、そういうふつうの高校生活てのを送ってもらいてェんだ」

言い終えると、杜若がまた大きな溜息を吐いた。

まるで鉄二に愛想が尽きたとでもいうような、深くて重い溜息。

「学校のことなら僕なりにちゃんと考えています。この前、成績表だって見せましたよね？　出席日数だってちゃんと足りてるんです」

「そういうことじゃねぇんだよ、鉄」

杜若が項垂れる。

「どうして分かってくれねぇんだ」

苛立たしげに吐き捨てられて、さすがに鉄二も黙っていられなかった。

「組が持ち直したら、僕はもう用なしってことですか？」

あのとき「プリンでも食うか？」と言った杜若の、無理に作った笑顔を思い出す。

苦しげで、少しもあたたかくなくて――。

あの笑顔を見たとき、鉄二は少しでも杜若の力になりたい、役に立ちたいと強く思ったのだ。

杜若の太陽のように燦然と輝く笑顔が好きだから、笑って欲しくて……。

「馬鹿野郎っ！　そんなこと言ってねぇだろうがっ！」

杜若が腹に響く低音で鉄二を怒鳴りつける。

しかし、鉄二は怯まなかった。

――どうして、分かってくれない。

そう言いたいのは、鉄二の方だ。

杜若のために、ひたすら考えてきた。

ただただ、杜若に笑って欲しくて、喜んで欲しくて、テスト勉強なんか足下にも及ばないくらい、いろいろ調べたり考えたりしてきたのに……。

鉄二は憎らしい男を睨みつけ、嘲るように吐き捨てた。

「結局、一鬼さんも……父や、僕を利用した母と同じだ」

「鉄？」

杜若が怪訝そうに目を眇める。

自分はここにいるのに、どうして認めてくれない。

鉄二はポケットの上からナイフを握りしめた。

捨てられるのは、もう嫌だ。

なら、自分から、捨ててしまおう。

「そこまで言うなら、勝手にしてください。僕はもう……知りませんっ！」

捨て台詞を残して、鉄二は事務室を飛び出した。

「おいっ、鉄！　待て——」

杜若が呼び止める声に振り向きもせず、コンクリートの階段を駆け下りた。

そのまま、夕暮れどきの街をあてもなく駆ける。

「ハッ……ハッ、ハァッ」

初夏の訪れを感じさせる生ぬるい風が頬を撫でた。

すぐに息が上がって、足が重くなる。運動不足を突きつけられ、鉄二は知らず自嘲の笑みを浮かべながら走っていた。

西の空が茜（あかね）色から濃紺へのグラデーションで彩られている。そこに、再開発事業で建設中のビルの影が墨色に浮かんでいた。

たったの二年足らずの間に、この町もすっかり様変わりしてしまった。

木根商会の事務所ビルがある界隈はまだそれほどでもないが、駅の近辺は区画整理が行われ、商業施設やタワーマンションが建てられている。

鉄二が予想したとおり、この界隈の地価も上昇する一方だ。あと数年は止まらないだろう。

欲を出しすぎなければ、木根商会はもっと収益を増やすことができるに違いない。まだ手持ちの不動産が残っている。時期を見誤らずに上手く転がして、最終的に公的機関に売却できれば、かなりの金額になるはずだ。

けれどもう、それもどうだっていい。

「勝手に、すればいい……っ」

闇雲に走り続けて、制服のシャツが汗でべったりと背中に張りついていた。

息苦しさに足を止めた鉄二は、少し先に小さな公園を認め、ゆっくりと向かった。

気づけばすっかり夜の帳が落ちている。

遠くから列車の走る音が聞こえた。駅前のビル街が思ったよりも近くに見える。

――駅の、東側の……再開発区画のあたりか？

薄暗い公園は、周囲を建設工事中のビルやコインパーキングに囲まれていて、人通りも少なかった。

しかし、数年もすればここも随分と賑わうようになるだろう。

鉄二は公園の一角に水飲み場を見つけると、ガクガクと笑う膝を叱咤して近づいていった。そして数口、ぬるい水で喉を潤し、汗まみれの顔を洗う。

そのとき、不意に背後から声をかけられた。

「きみ、こんなところで何してるの」

背中を丸めていた鉄二は、一瞬、警察官か補導員かと思った。

「別に……」

濡れたままの顔を拭いもせず、背筋を伸ばして振り返る。

するとそこには、小ぎれいに身なりを整えたサラリーマン風の中年男が立っていた。

「この辺、最近物騒だから、気をつけた方がいいよ」

のっぺりとしてはいるが、人の好さそうな顔つきの男が、抑揚のない声で忠告する。

「へえ、そうなんですか。知らなかった」

ふと、鼻先をアルコール臭が掠（かす）める。結構な臭いだ。

まだ日が暮れたばかりというのに、男はしたたかに酔っているらしい。

「とくに……きみみたいな、育ちのよさそうな、きれいな子は、危ない」

男が途切れがちに話す。

表情がほとんどないくせに、目だけは異様に爛々（らんらん）としていた。

鉄二の胸に、久しぶりに味わう緊張が走る。

喩（たと）えるなら、獣が狩りをする獲物を見つけたときの感覚だ。

「僕が、きれい？」

目を眇め、薄く笑みを浮かべて問い返す。

男が小さく喉を鳴らした。

「ああ、とてもきれいだよ。きみ……高校生？」

濡れた手が自然とポケットに滑り込み、メスホルダーを握った。

「高校生だと問題でもあるんですか？」

獲物を引き寄せるために何が必要か。

また、自分がどうすればいいか、鉄二はよく知っている。

「そ、そんなこと、ないよ。きみなら……いいかな」

男はあきらかに興奮し始めていた。吃音（きつおん）がきつくなり、感情のない顔に赤みが差す。

鉄二は自ら一歩踏み出し、ビジネスバッグを持つ男の腕に左手を伸ばした。

男は少し驚いたようだったが、振り払いはしない。

「ハハ……」

鉄二は思わず声を漏らした。

アルコールは血流をよくする。

――いい、な。

最近、手にしていなかった独特の感触を思い出し、喉が鳴る。

肌を切り裂き、一直線に赤いラインが走る様は、鉄二の不安や孤独を癒（いや）してくれる。

久しぶりに、あの言葉に尽くせない快感が欲しいと思った。

「ほ、んとうに、きみ、いいの？」

男が小刻みに震えながら訊ねる。

――何が、いいんだか。

胸の内でせせら笑いながら、鉄二は男の腕を掴んだ左手に力を込めた。

「あ、あ、そう？　そうか」

男はそれを鉄二の答えと勝手に受け止めたらしい。

鉄二に腕を掴ませたまま「ここじゃ、なんだから」と言って、公園の隅にある公衆トイレへ向かって歩き出す。

鉄二は目を眇め、男の項(うなじ)を見つめた。

酔いのせいか、それとも想像以上に昂っているのか、男は首筋まで赤くしている。

――あそこを縦に切ると、どんな感触が味わえるだろうか。

小ざっぱりと刈り上げられた項の、盆の窪を凝視して、手の中のメスを握り直した。

男は公衆トイレに二つある個室のうち、向かって右側へ鉄二を引き入れた。

饐(す)えた臭いが、倒錯的な気分にさせる。

「本当に、いいの、かな？」

鼻息荒く鉄二のシャツの襟元に手を伸ばす男に、鉄二は無言で微笑んでやる。

「……ふふ」

「ハッ……ハァッ、ハッ……」

震える手が、妙に焦れったくボタンを外していった。

「あ、れ？」

汗で湿ったシャツの下から現れた、鉄二の肌を見つめて男が手を止める。

「どぉしたの、これ。怪我？」

鉄二の胸には、いくつもの傷痕があった。

白く光る異様な傷の数に、男もさすがに違和感を覚えたらしい。

「関係ないでしょう？」

ニコリと微笑んで、鉄二は男の右手首を摑んだ。

「え？」

男が不思議そうな目で鉄二を見返す。

次の瞬間、鉄二は手にしたメスで男の手首を切りつけた。

「う、あ、あ、あ？」

男は何が起こったのか分かっていない様子だった。

スパッと紙で切ったような薄い線が皮膚に走り、やがてそこからじわりと血が滲み出す。

「気持ちよくないですか？」

頬がゆるむ。

眉間の奥がジンジンする。

「な、何っ……？　え、痛い……なんだ？　なんだよ、これっ？」

ワイシャツの袖に血が付着したのを認めて、ようやく男が状況をおぼろに理解し始める。

鉄二はそこに続けてメスを振るった。

「あ、うわっ……な、やめろっ！」

男が慌てて身を翻し逃げ出そうとする。しかし、狭い個室の中で思うように身動きできず、鉄二の手を振り解けないままあたふたするばかりだ。

「切れたところがスゥーッとして、気持ちいいですよね？」

言いながら、鉄二は背を向けた男の項を横殴りにメスで切りつけた。

「う、うわぁっ……！」

みっともない悲鳴をあげて、男がドアをドンドンと叩く。

後頭部から血が流れ出し、ワイシャツとスーツの襟を赤く滲ませていく。

傷口を確かめる前に血が溢れ出したことに、鉄二は落胆を覚えた。

「駄目だな、じっとしていてくれないから、失敗したじゃないですか」

男が暴れるせいで、思った以上に刃が深く皮膚を傷つけたらしい。

血に濡れたメスの刃先をペロリと舌で舐め、鉄二は男の頭をドアに押しつけた。

「ヒィッ……助けっ、助けて……っ」

男が泣き叫び、自由になった両手でトイレの鍵を開けようとする。

ガチャガチャと耳障りな音に顔を顰めつつ、鉄二は男の右耳めがけて手を振り下ろした。

と同時に、鍵が外れる。

「っう、あ、あ……っ！」

直後、ドアが二人分の体重で勢いよく押し開かれた。

「――ッ！」

バランスを崩して二人同時に床に倒れ込む。

「い、た……っ」

鉄二はタイルの床に激しく右肘を打ちつけた。衝撃でメスが手から零れ落ちる。

「ひっ……ひぁっ、あ……うわぁっ」

わけの分からない声をあげ、男が鉄二の身体を押し退け立ち上がろうともがく。首の後ろ側が血で真っ赤に染まっていた。

そのとき、バタバタと男がひとり駆け込んできた。

「鉄二――！」

名を呼ばれ、ハッとして顔を上げる。

「クソ、やっと見つけた！」

白々とした蛍光灯の光を浴びて、杜若が汗だくになって立っていた。

「……ったく、何やってんだ！　クソガキが……っ」

もつれ合って倒れ込む男と鉄二の様子から、瞬時に状況を覚（さと）ったのだろう。

杜若が文字どおり鬼の形相を浮かべ、鉄二の下敷きになった男を引き摺（ず）り出した。

「おい、オッサン。便所にこんなガキ連れ込んでナニしようってんだ？」

スーツの胸ぐらを摑んだかと思うと、間髪を容れずに拳（こぶし）を鳩尾に叩き込む。

「――ぅグッ」

茫然として座り込む鉄二の目には、一瞬、男の足が宙に浮いたように見えた。

「この、ド変態がっ」

今度は男の股間を蹴り上げる。

「ぎ、ゃあぁ――っ」

聞くに堪えない悲鳴だった。

男の身体が糸の切れた操り人形のように崩れ落ちる。股間を両手で押さえ、ヒクヒクと全身を痙攣（けいれん）させて床に転がった男は、声もなく瞠目していた。

「おいおい、まだおネンネするには早いだろうがッ！」

倒れ込んだ男の尻や腿を、杜若が容赦なく蹴りつける。リズミカルに、まるでダンスでも踊るような軽快さで、足を振り抜く。

――凄い。

鉄二は我を忘れ、鬼と化した杜若を凝視した。

『キレたら手がつけられない』

以前、真鍋に聞かされた言葉を思い起こす。

いつもニコニコと笑っている杜若の、まさしく鬼神のごとき姿を目の当たりにして、鉄二は身を震わせた。

一度だけ、杜若に本気で凄まれたことがあったが、あんなものは序の口だったのだと思い知る。

「た、助けてっ……！　こ、殺され……る！　殺されるっ！」

錯乱状態に陥った男が、身も世もなく助けを求め泣き叫ぶ。

「うるせぇ、この淫行野郎が！　この程度で死ぬわけねぇだろ！」

泣き喚く男を容赦なく蹴り飛ばした。

「オラッ！　なんとか言えよ、クソ野郎が！」

抵抗らしいことが何もできないまま、男はイモ虫みたいに身体を丸めている。

杜若はときどき男を引き起こしては、脇腹や下腹を殴りつけた。

その額から汗が飛び散る。

興奮に目許が紅潮していた。

口許はやんわりと綻んでいる。

杜若がこの状況を楽しんでいることは、鉄二の目にもあきらかだった。

「ううっ……、ぐはっ……あぐっ」

杜若が殴打するたび、男がくぐもった悲鳴を漏らす。

男がぐったりして視線が虚ろになっても、杜若は一向に手を止めようとしない。

「ぅげっ、げふ……っ」

尖った革靴の爪先で杜若が鳩尾を蹴り上げた直後、男が盛大に胃の中のモノを吐き出した。

「げっ、汚ねぇだろうが！」

饐えた臭いがトイレに広がる。

吐瀉物が鉄二の足下まで飛び散った。

「……あっ」

制服のズボンに吐瀉物が触れそうになって、ようやく、鉄二は我に返る。

「い……一鬼さんっ！」

唇を戦慄かせ、叫んだ。

血で汚れた男の襟首を摑んで、なおも殴りつけようとする杜若に駆け寄り、腕に縋りつく。

「もう、充分でしょう！」

「はあ？」

血走った鋭い眼光で睨まれると、全身が瘧のように震えた。

「誰のせいでこうなってると思ってんだ、ええ？」

「……ッ」

圧倒的な威圧感に身が竦む。

そのとき、鉄二の足に何かが絡みついた。

「えっ」

驚いて見下ろすと、血と汚物まみれになった男が縋りついている。

「け、警察っ……、警察呼ん……あ、ちがっ……救急車……っ」

よほど、混乱しているのだろう。

男は自分を切りつけた鉄二に助けを求めていることに、気づいていないようだ。腰が抜けたのか、床にへたり込んだまま、涙と鼻水と吐瀉物にまみれた顔で必死に懇願する。

すると、杜若が面倒臭そうに男に目を向け、身を屈めてその耳許へ囁いた。

「警察なんか呼ばれて困るのはテメェじゃねぇのか？　コイツ、高校生だぞ」

「……あ」

そこで、少し落ち着きを取り戻したのか、男がはたとなって目を瞬かせた。

「しかも、男だ。……いろいろ訊かれても構わねぇなら、警察でも救急車でも呼んでやるけど？」

杜若がひと言発するたびに、男はどんどん顔色を失っていった。顔が青ざめ、全身がガタガタと震え出す。

「首の傷は見た感じじゃ大したことねぇ。消毒して絆創膏貼ってりゃ大丈夫だろ」

「あ、はい、はいっ」

男はカクカクと杜若に頷いて返した。

「そんだけ動けりゃ腹の中も、骨もイカレちゃいねぇ。まあヒビぐらいは、いってるかもしれねぇがなぁ」

鉄二は杜若が男を揶揄しながら楽しんでいるのを、驚きと、そして興奮をもって見つめていた。

下腹が、熱い。ジクジクと痒いような疼きだ。

見知らぬ男に対して覚えた興奮とは、あきらかに異なる激情に、股間が急速に硬くなっていく。

「分かったら、とっとと行っちまえ。汚物野郎が……っ！」

杜若が男の尻を蹴り飛ばし、トイレから追い出す。

「ひっ……ひぁっ」

男は半ば這うようにして、闇の中へ消えていった。

そのとき、鉄二は視界の端に愛用のメスを認め、そろりと身を屈めて拾い上げると、すぐに刃をしまってズボンのポケットに忍び込ませた。

「おい、鉄」

頭上からの声に、のろっと姿勢を正す。

「お前、ウチのシマで面倒起こすんじゃねぇよ。馬鹿野郎がっ！」

ふだん見慣れた男とは思えない狂気を孕んだ表情と興奮して上擦った声に、やはり杜若はヤクザなのだと思い知る。

なんだかんだ言っても、カタギで未成年の自分は甘やかされていたのだ。

何も知らず、組のため、杜若のため、役に立っていると思い上がっていた。

そう思うと、どうにも悔しくて堪らなくなる。

「……じゃあ、今度から別の場所にします」

鉄二は精一杯の虚勢を張って、薄く笑って応えた。

すると、杜若が表情をいっそう険しくして舌を打った。

「ほら、戻るぞ」

鉄二の腕を摑んで引っ張り上げようとした。

「どこに、戻るんですか？」

自嘲の笑みを口許にたたえ、身を任せる。

「僕にはもう、戻る場所も、生きる場所もないのに」

「いい加減にしろよ、鉄」

苛立ちをあらわに、杜若がグイグイと鉄二を引っ張って歩き出した。

街灯の少ない路地裏を選んで、木根商会の事務所へ向かう。

「荷物とケータイ、事務所に置いてってたのも分かってねぇのか！」

「あ……っ」

一喝され、鉄二はガクリと項垂れた。

杜若は、自分を心配して後を追ってきてくれたわけじゃない。

――もう必要ないって、言われたんだった。

事務所を飛び出す前のやり取りを思い出すと、心がどんよりと暗く沈んでいく。

俯き、アスファルトの路面を見つめながら、鉄二はまるで罪人になった気分だった。


「俺が見つけなかったら、どうするつもりだったんだ」

すっかり落ち着きを取り戻した様子で、杜若が問いかける。つい先ほどまで目を血走らせ、人をボロ雑巾（ぞうきん）を扱うみたいに殴り倒していた男とは別人のようだ。

「別に……」

杜若にズルズルと引き摺られるようにして連れ戻された鉄二は、事務所ビルの五階にある六畳の書院造りを模した和室に通された。

木根商会の事務所ビル最上階にある杜若の居住スペースに立ち入ったのは、今日がはじめてだ。四階から上は構成員のプライベートスペースだからと、杜若はもうずっと鉄二の立ち入りを禁じていたからだ。

必要以上に馴れ合わないようにとの気遣いだろうが、それならいっそ関係を断ち切ってくれた方がマシだと、鉄二は常々思っていた。

――中途半端に優しくするなら、父みたいに捨ててくれればいいのに……。

「さっきのメス、持ってるんだろう？　出せ」

だんまりを決め込む鉄二に、杜若が険しい表情で手を差し出す。

大きくて分厚い手をちらりと見やって、鉄二はふい、とそっぽを向いた。

「なあ、鉄……」

深い溜息を吐く。どうすればいいのか分からないといった様子だ。

「俺はお前が心配なんだ」

そんなことは言われなくても分かっている。

鉄二はきゅっと唇を噛みしめた。ポケットに忍ばせたメスに手を伸ばそうにも、杜若の目が怖くて気が引ける。

「お前を巻き込んだことを、正直、後悔してる」

「――え」

耳に飛び込んできた言葉に、鉄二は瞠目し、絶句した。

「やっと、こっち向いたな」

杜若が微笑むのに、ハッとなった。

「……後悔してるってのは、本音だ。でもなあ、鉄。俺は最初っから、どうにもお前を放っておけねぇんだ」

静かに語る声に、鉄二は杜若にも複雑な想いがあると知った。

「未成年のお前がヤクザなんかと関わるのはよくねぇと分かってる。なのに、危なっかしくて目が離せないんだ。シノギのこととか、そういうことを別にしても、ちゃんと傍についててやらなきゃ駄目だって思っちまう」

それはきっと、杜若の偽りのない本心だろう。

「学校に行けとか、友達と遊べとか、口煩く言うのもお前のことを考えてのことなんだ」

「親でもないのに、ですか？」

鉄二が問い返すと、杜若がくしゃりと苦笑した。

「そうだな。親でもない赤の他人で、しかもヤクザが、何偉そうに言ってんだろうな」

小さく肩を揺らして、大きな掌で顔をつるりと撫でると、杜若が真剣な眼差しを向けてきた。

「けど、俺はやっぱりお前が心配で堪らねぇんだ、鉄」

「一鬼さん……」

杜若の言葉や心を疑うつもりはない。

けれど、そこまで自分を想ってくれるなら、黙って傍に置いてくれればいいではないか。

杜若なりの優しさが、鉄二にはもどかしくて仕方がなかった。

「頼むからもう、馬鹿な真似はよせ。庇ってやりたくても、できなくなる」

杜若がもう一度、鉄二の前に手を伸ばした。

「メスを渡すんだ」

「また、手に入れるかもしれませんよ」

ポケットに手を突っ込んで、メスを握る。

「そうしたら、また取り上げるだけだ」

杜若が戯けるように首を傾げた。

「それじゃ、いたちごっこだ」

挑みかけるような視線で杜若を見つめ、鉄二はメスをそっと手渡した。

杜若が無言で受け取り、黒いシャツの胸ポケットに滑り込ませる。

——あ。

そのとき、鉄二は自分のシャツの袖口に血痕を認めた。

男の項を切ったときに付着したのだろう。

汚い。

鉄二は瞬時に激しい嫌悪を感じた。

今すぐシャツを脱ぎ捨ててしまいたい。

「鉄？」

袖口をじっと見つめていると、不審に思ったのか杜若が声をかけてきた。

「どうした。お前もどこか怪我を……」

「なんでも、ないです」

鉄二は汚れた袖口を引っ張って手の中に握り込んだ。そして、わざとらしく笑ってみせる。

「でも僕がメスを持っている限り、一鬼さんが取り上げてくれると聞いて安心しました」

「あのな、鉄。お前が物騒なモン、持たなきゃいいだけだろ。それに、本当にもうこういう馬鹿な真似はよせ。いつか痛い目を見るぞ」

呆れた様子で嘆息する杜若に、鉄二は続ける。

「そんなふうに言ってくれるのは。一鬼さんだけですよ」

父に捨てられ、母には忘れられた。祖父母は鉄二を腫れものに触れるように接し、学校では友達もいない。教師はきっと鉄二のことなど名前のついた石ころぐらいにしか思っていないだろう。

「うるせぇ。お前みたいな面倒なガキは見たことがねぇよ」

杜若が懲り懲りだと肩を竦める。

「そこまで言うなら、放っておいてくださいよ」

同じような堂々巡りを、何度繰り返したことだろう。

それでも杜若は自分を見捨てずにいてくれる。

そこまでしてくれるはっきりとした理由を、鉄二は今まで一度も訊いたことがなかった。

ずっと気になってはいるのだが、杜若の心の奥底にある正真正銘の本音を知るのが怖くて聞き出せないでいる。

「ああ、もう、この話は終わりだ！　ほら、もう遅ぇんだから、さっさと帰れ」

杜若が忌々しげに両手を顔の前で振って立ち上がり、鉄二を追い立てた。

鉄二は苦笑いしつつも、素直に従う。今これ以上駄々をこねたら本気で嫌われそうだ。

「いいか、まっすぐ帰るんだぞ」

「分かってます」

杜若がそこまで見送るとついてくる。階段の途中で、鉄二は血で汚れた袖口を杜若の目に触れないよう、さり気なく折り上げた。

「じゃあ……」

ビルの前で杜若に会釈する。

ふと気づくと、不動産屋の窓の向こうから窪がこちらを眺めていた。夕方、杜若と口論になった後、鉄二のことを心配していたに違いない。

鉄二が目配せすると、窪がホッとした様子で軽く手を振り、店の奥へ姿を消した。

そのとき、杜若がぽんと鉄二の肩を叩いた。

「駅まで送る」

「え」

肩を抱いたまま歩き出すのに、鉄二は少し驚きながら足を踏み出した。

「そんなに、信用できませんか」

また途中で悪さをするんじゃないかと、杜若は不安に思っているのだろう。

鉄二は視線を足下に落として、肩に添えられた大きな手のぬくもりを感じていた。

「まあ、それもあるが……」

ところどころにネオンが瞬く路地を、杜若は鉄二の歩調に合わせて歩いてくれる。

「どっちかってぇと、さっきの変態野郎の件で、お前がパクられねぇか心配なんだよ」

ちらりと横目で自分を見下ろす杜若の視線に、鉄二は何も答えられなかった。

「警察に駆け込むような真似はしねぇだろうが、用心するに越したことはねぇだろ」

杜若は本当に、ただ鉄二の身を案じて送ってくれたのだ。

すっかり思考が捻くれてしまった自分が、急に恥ずかしくなる。

「ホントは、お前の家まで送り届けたいところだが」

二人が並んで歩くと塞がってしまうような細い路地。どう考えても歩きづらいのに、鉄二は大きくてあたたかい手を振り払うことができなかった。

「ヤクザが家までついていっちゃ、憚(はばか)られるような家だろう？　坊っちゃん」

久しぶりに坊っちゃん呼ばわりされたが、鉄二はなぜか怒る気にならない。

そのかわりに、胸にある疑問をぶつけた。

「どうしてそこまで、僕のこと、気にかけてくれるんですか？」

訊いておきながら、どんな答えが返ってくるかと思うと、胃の奥が竦むような恐怖を覚える。

鉄二は目を伏せたまま、路地の端に並んだ植木鉢やプランターを見て歩いた。

「そりゃ、まあ、散々言ってきたが、お前がどうにも危なっかしくて、放っておけねぇからだなぁ」

のんびりとした口調で告げられた答えに、鉄二はこそりと安堵する。

裏表のない男だと知っていたつもりだが、杜若はふだんから自分に対して肚を割って接してくれていたのだと思うと、やはり嬉しかった。

面倒臭いと思われて、嫌われたくない。

けれど、同情されて甘やかされるのも、同じくらい嫌だった。

――僕は、一鬼さんにどうしてもらいたんだ……。

ただ、木根商会に……杜若の傍にいられればいい。

そう思っているのは間違いない。

「でも、さっきみたいなの見せられると、面倒臭ぇって思っちまうのも、確かだな」

「だったら、放っておけばよかったじゃないですか」

天の邪鬼な感情が頭を擡げる。

「それができてりゃ、苦労しねぇよ」

間髪を容れずに返されて、鉄二は息を呑む。

気づくと、二人は足を止めていた。

少し先に駅前に続く大通りが見えている。路地を抜ければ喧騒が待っていた。

「お前がウチの組のためにいろいろ考えてくれて、俺は心底、感謝してる」

「いきなり、何を言い出すんですか……」

街灯もない暗い路地裏で向き合い、真剣な眼差しで見つめられると、どうしていいか分からなくなる。

「ホントになぁ」

自分でも突拍子がないと思ったのだろう。

杜若が、困ったような、それでいて穏やかな微笑みを浮かべる。

「俺も、なんでか分からねぇんだ」

そう言って、鉄二の頭をくしゃりと撫でた。

「なんでこんなカタギの……お坊っちゃんのことが気になるんだか」

いつもと同じ優しい笑顔。

けれど、どこかいつもと雰囲気の違う杜若の笑顔に、鉄二は妙な羞恥を抱く。

「……お坊っちゃんじゃないです」

上擦った声で言い返すと、杜若が不意に大きな溜息を吐いた。

「まったく、女にもここまで入れ込んだこと、ねぇのによ」

苦笑交じりの言葉に、鉄二は無言で俯く。

杜若の手が、そろそろと髪を撫で梳いてくれるのが、どうにもやりきれない。

分厚く大きな手のぬくもりを感じつつ、この手でどれだけの女を抱いてきたのだろうと思うと、胸が締めつけられるような息苦しさに襲われた。

「お前のことになると、冷静じゃいられなくなるんだ。なんていうか……俺が止めてやらねぇと、お前、ひとりで地獄まで突き進んでいっちまいそうでな」

心地よい掌の感触が、不意に消える。

「……一鬼さん」

顔を上げると、いつになく真剣で、けれど慈愛に満ちたような穏やかな双眸が鉄二を捉えていた。

「どうしても人を切りたくなったら、かかってきな」

「え」

耳を疑う。

「そしたら俺が、本気で相手してやるよ」

くしゃりと冗談ぽく笑う杜若の真意が分からない。

ただ、脳裏に、杜若の健康的な肌を切り裂く妄想が浮かんでいた。

「俺にしとけ」

――何を、言い出すんだ。

唖然としたまま、激しい動揺に口も利けない。

カタカタと全身が小刻みに震え始め、毛穴という毛穴が開き、汗がどっと滲んだ。

妄想が止まらない。

身体が熱くなる。

股間が、じわりと硬くなろうとしていた。

突如として全身を包み込んだ興奮に戸惑いつつ、鉄二はなんとか唇を動かす。

「そ、そんなこと……冗談でも、言わないでください」

杜若の顔を見ることができない。

すると、項垂れた鉄二の頭を、杜若がポンポンと二度、軽く叩いた。

「そうだな、悪い」

短く言って「行こう」と促す。

半歩先を行く杜若の背中を盗み見ながら、鉄二は身体を燻(くすぶ)らせたまま ついて歩いた。


その日の夜、味わったことのない情欲に身体が昂り、なかなか寝つけなかった。

『この、ド変態がっ』

脳裏に繰り返し浮かぶ、杜若の凶悪な姿。

肌がざわめき、身体が熱くなる。

「……っ」

どんなに眠ろうとしても、鉄二の熱は一向に鎮まらなかった。

それどころか、杜若の鬼神のごとき姿が脳に、網膜に、瞼の裏にこびりついて消えない。

ふだんの笑顔からは微塵も想像できない凶暴性を見せつけられ、身が震えるほどの畏怖を覚えた。

しかし、それと同時に、容赦なく男を嬲り痛めつける姿に、激しく惹かれたのだ。

無抵抗の相手を息つく暇もなく殴り、蹴りつけ、蔑む姿は、まさしく鬼そのものだと思った。

かすかな光を反射して光る刃先に口づけ、左手で股間をきつく摑んだ。

右手には、真新しいメスを握りしめている。

仄暗い部屋の中、鉄二は机に向かって椅子に浅く腰かけていた。

「一鬼……さん」

「あっ……」

すっかり硬くなったペニスから先走りが溢れ出す。

目を瞑ると、暴力に酔い痴れる杜若の姿がまざまざと浮かんだ。

黒衣を身にまとい、汗を光らせ、罵声を浴びせ、拳を振るう。

――なんて、美しい。

寂れた公園の公衆トイレという場を忘れてしまうくらい、鉄二は男を嬲る杜若の姿に見蕩れていた。

危うい美しさに、瞬きするのも惜しいと思った。

眩しいほどの笑顔と、悪魔を思わせる残虐性。

杜若が持つ相反する二面性に、鉄二は今まで以上に強い興味を覚える。

——あの人の、傍にいたい。

想いが強くなる。

欲望が、じわじわと膨らんでいく。

「ハッ……ハァッ」

鉄二は手にしたメスを、己の下腹に押しあてた。

薄い茂みの上、臍とのちょうど真ん中あたりに、小さく薄い刃をスゥーッと走らせる。

「あ——」

皮膚が裂け、血が溢れると同時に空気に触れる。その感覚に、ゾクリと背筋が震えた。

幼い頃から繰り返された自傷行為は、鉄二に神業めいた技術を会得させた。使う刃物によって異なる力加減、刃の角度は言うに及ばず、傷の深さや出血の量まで調整できるようになったのだ。

「はっ……あ、あっ」

浅い傷は、すぐに血が渇き、赤い線となって腹に残った。

すかさず左手でペニスを扱くと、先走りがとぷりと溢れる。

閉じた瞼の裏には、死神の笑顔。

「いっ……鬼さんっ」

くぐもった声で名を呼んで、黒衣の下の、まだ見たことのない肢体を想像する。

均整のとれた身体は、きっと嫌みのない筋肉に覆われているだろう。

「ンッ……ぅ、あ」

日焼けした肌に薄く透ける血管をメスの刃先で辿る様を思い浮かべると、堪らず下腹がヒクヒクと痙攣した。

腹は割れているだろうか。

体毛は、どうだろう。

きっとなめらかで、張りのある肌に違いない。

「ふっ……う、うンッ……あ」

ペニスを扱く手の動きが自然と速くなる。左手はすでに先走りで濡れそぼっていた。

鉄二は薄く目を開き、ペニスを握っていた左の手首にいくつもメスで線を引いていった。

一本、二本と続けざまに引かれたラインから血が流れ出し、滴った雫が下腹を汚す。

そうして再び、血塗れの左手でペニスを握った。

「はは……っ」

興奮に、笑いが漏れる。

妄想の中に思い描く杜若もまた、鉄二に笑いかけていた。

『お前のことになると、冷静じゃいられなくなるんだ』

優しくて大きな掌が、鉄二に触れる。

髪を撫で、頬をくすぐり、そうして、浅ましく勃起したペニスを責め苛んでくれる。

「あっ……あ、一鬼さんっ」

痺れるような快感が、背筋を一気に走り抜けた。

衝動に任せて腕の内側を切りつけ、痛みと痺れに歯を食いしばる。

脳内に描き出した杜若が、鉄二の頬を張る。

「ああ……ッ」

逞しい腕に嬲られるのを想像しながら、鉄二は腕や腹、薄い胸にメスを何度も走らせた。

肌が裂けるたびにジリジリとした痛みと快感が生まれ、吐息を漏らす。

ペニスがビクビクと震えて、すぐに射精したい欲求に襲われた。

薄く裂けた皮膚から溢れる血が、胸や下腹、茂みを汚し、掌を穢(けが)す。ペニスから滲み出た先走りと入り混じり、独特の匂いとなって鼻腔(びこう)をくすぐった。

『何やってんだ！　クソガキが……っ』

興奮に上擦った杜若の声を何度も再生する。

腹の底に低く響く声は、思い出すだけで鉄二を淫靡(いんび)でいやらしい気持ちにさせた。

「一鬼さ……ん、あぁ、あ……一鬼さん……ッ」

声を抑えられない。

鉄二は背中を丸め、ペニスを小刻みに扱きながら、杜若の名を呼んだ。

手にしたメスの刃先で臍の上を切りつける。じわりと溢れた血が丸く盛り上がって、そうして重力に逆らえず臍の窪みへ流れ落ちる。

『ド変態野郎』

杜若に蔑まれるのを思い浮かべると、堪らなかった。

「ひっ……あ、あ……すご、いっ」

鋭い眼光で見下ろされて無下に扱われたら、きっと天にも昇るような心地がするだろう。

「い、いぃっ……もっと、もっと……」

黒衣の下の雄の身体を、メスで滅多裂きにしてみたい。

盛り上がった筋肉の、その繊維に沿ってメスを走らせ、溢れる血を啜り上げたい。

『鉄……』

優しい眼差しで名を呼ばれると、胸が激しく軋んだ。

痛くて、痛くて、耐えられそうにないのに、けれど、もっと欲しい――。

『お前が心配なんだ』

杜若の声に導かれるようにして、鉄二は絶頂へ駆け上がる。

「んぁ……あ、イ……くっ」

――一鬼さん、僕は……。

クチクチと下腹から湿った音がした。

数え切れないほどの傷口が、拍動に合わせて疼く。

「欲し……いっ」

声に出すと、欲望が堰を切ったように溢れ出した。

「欲しい……欲しいっ」

『切りたくなったら、かかってきな』

穏やかに微笑みながら冗談めかす杜若の姿を、鉄二は深く脳裏に刻み込んでいた。

『そしたら俺が、本気で相手してやるよ』

あの言葉は、本心だろうか。

「一鬼さんっ……あ、あ……っ」

偽りのない言葉なら、どんなに嬉しいだろう。

眩しい笑顔を、逞しい肉体を、己の手で好きに切り刻むのを想像する。

「あ、あ……っ。イク――ッ」

鮮烈な快感に抗うこともできず、鉄二は呆気なく射精して果てた。

「はぁっ……はっ、はぁ……」

重い瞼を押し上げて、ペニスを握っていた掌をそっと開く。腕を伝う血液と精液が混じり合い、指先をぬめらせていた。

その指先を、ペニスの先端の窪みに擦りつけた。

「足りない……」

射精したはずのペニスが、暗がりで勃起している。

鉄二は手にしたメスの先端を、ペニスの窪みに近づけた。そうして鈴口に溜まった精液を掬い上げ、何本も赤い線が走った下腹へ塗りつける。

「もっと、欲しい……」

たった一度の絶頂では、少しも満たされない。

いや、それどころか、いっそう身体は飢え、喉は渇きを訴えた。

「一鬼さんが、欲しい――」

もうずっと以前から、胸の中に存在した欲望を、鉄二ははじめて口にした。

杜若の笑顔に憧れていた。

彼の笑顔が見られるなら、傍にいられるだけでいいと思っていた。

けれど――。

『お前の欲しいものが見つかるまで、とことん付き合ってやろうじゃないか』

「見つかりましたよ、一鬼さん……」

血と精液に濡れたメスの先端を目の前に掲げ、澱んだ瞳で見つめた。

「僕はもうずっと、あなたが欲しくて、仕方なかったんだ」

口に出すと、想いがより確かなものになる気がする。

「一鬼さん」

鉄二は再び、汚れた手でペニスを握った。

「んっ」

ビクッとペニスが震え、残滓が先端から滴り落ちた。

メスの刃を舌で舐り、鉄の錆臭さと精液の苦さに苦笑する。

そのまま、下唇に刃を押しあてた。

「ふふ」

知らず、笑いが零れる。

皮膚がぷつりと破ける感覚に続いて、生ぬるい血が溢れ、口内に伝い流れてきた。

己の血の味に陶然としつつ、再び自慰を再開した。

パジャマの上着を胸の上までたくし上げ、薄く貧弱な胸をメスで切り刻む。

明日もまた、木根商会の事務所で杜若に会うかもしれない。

傷だらけの鉄二を見れば、心配し、怒鳴るであろうことは容易に想像がつく。

しかし、鉄二は己を傷つけるのをやめられなかった。

「ハッ……あ、あはは……っ」

誰かを想って自慰に耽ったことなど、鉄二はこれまでただの一度もなかった。

闇の中を痛みと快楽をだけを追いかけ、射精して終わるのが自慰で、セックスも似たようなものだと考えていた。

けれど、今夜の行為はすべてが違う。

脳裏に描くのは、欲しくて堪らない、男。

今まで経験してきたどんなセックスより、気持ちがいい。

何度も耽った自慰など足下にも及ばない、興奮と快感。

「い……っきさ……っ」

身悶え、喘ぎながら、鉄二は杜若を想い、メスで身体を傷つける。

「欲しぃ……っ欲しい！　もっと……もっと」

血管の浮き上がった大きな拳で、意識が飛ぶまで殴られてみたかった。

屈強な体軀を組み敷いて、厚い胸を切り刻んだら、杜若はどんな表情を見せてくれるだろうか。

「ああ……っ、イク……また、あ、……ああっ」

現実と妄想の狭間で、背を大きく仰け反らせた。

腹に切りつけた傷口に、吐き出された精液が飛び散る。

「あ、あ——」

凄絶な快感に酔い痴れながら、鉄二はいまだ満たされずにいた。

瞼を閉じ、杜若と二人で血の海に溺れる様を妄想する。

「一鬼さん、……僕は」

どうしてこれほどまでに、欲しいのか。

どうしてこれほどまでに、満たされないのか。

絶頂の余韻にたゆたいながら、鉄二は出口のない迷路に迷い込んだような気分でいた。

胸にある想いの正体が、何か分からない。

ただ、杜若を欲する想いが、色恋などという、そんな甘くて生ぬるいものではないことは確かだった。

ただ、あの人が欲しい。

杜若一鬼という、唯一無二の男が欲しい。

「付き合ってくれると、言いましたよね」

仄暗い部屋の中、全身を血と精液まみれにして、鉄二は静かに微笑んだ。

【五】

祖父母に引き取られたときには、意味もなく自傷を繰り返す子供だった。

包帯や絆創膏だらけの鉄二を、祖父母はあからさまに嫌悪し、遠ざけた。

はじめのうちはともに食事の席についていたが、やがて鉄二はひとりで食事するようになり、祖父母と顔を合わさない日が増えていった。

以来、祖父母はただ同じ屋根の下で寝起きしているだけの他人でしかない。

鉄二が杜若への強い想いを自覚した翌朝、偶然玄関で顔を合わせた祖父は、顔以外、いたる箇所に傷を負った鉄二を見て絶句した。

唖然として崩れ落ちる祖父に、鉄二は微笑をたたえ「いってきます」と言って出かけたのだった。


「お前……ッ」

学校には行かず、まっすぐに木根商会の事務所に向かった。

そうして鉄二を見るなり、杜若が苦しげに顔を歪めるのを認め、ほくそ笑む。

起きて間がないのだろう。杜若はいつもと同じようなダークグレーのシャツを着ていたが、無精髭はそのままだった。

まだ九時過ぎということもあってか、ほかの構成員の姿はない。部屋住みだった若い衆たちも、今はそれぞれが部屋を借りて暮らしている。

「おはようございます、一鬼さん」

瞠目する杜若に、鉄二はニコリと笑ってみせた。

「ったく！　何やってんだ……」

制服姿のまま現れたことには触れず、杜若は鉄二の腕をとって二階の事務所に急いだ。

「昨日、あの後何かあったのか？　まさかあの変態野郎が……」

事務室の奥に続く会議室の棚から薬箱を取り出し、消毒液や傷薬を慌ただしく長机の上に並べる。

「一鬼さん、自分でちゃんと手当てしたから、大丈夫ですよ」

けろりとして言うと、杜若がハッとして手を止めた。

ゆっくりと向けられた訝しむ目に、鉄二はコクンと頷く。

「自分で切ったんです。無駄に出血するような切り方はしていませんし、もうほとんどが塞がっています」

「冗談じゃねぇぞ！」

激しい音を響かせて、杜若が長机に拳を叩きつける。

「ッ……！」

あまりの衝撃音に、鼓膜がビリビリと震えて、鉄二は肩を竦めた。

「何がどうなったら、あの後、自分で自分を切り刻むことになるんだ？」

鉄二は会議室の入口近くに立ったまま、平然として杜若の表情を観察していた。

「お前、ウチに出入りするようになって、そういうことしてなかっただろう？」

憤懣遣る方ないとばかりに握った拳を震わせ、杜若が鉄二を睨みつける。

しかし、杜若の双眸には昨夜のような狂気は感じられない。

「なんだって急に……」

鉄二の衝動の源がどこにあるのか分からないのだろう。首を捻っては溜息を繰り返す。

「とにかく、そのみっともない包帯だけでも直させろ」

杜若がいつまでも入口のドアの前に突っ立っている鉄二を手招きした。

「あ、はい」

左手首の包帯がゆるんでいることに、今になって気がつく。

鉄二が近づくと、杜若がパイプ椅子を引き寄せ、腰かけさせてくれた。

「なあ、鉄。お前がいろいろ抱えているのは知ってる。だが、こういうのは駄目だ」

無骨な手が丁寧にシャツの袖を折り上げ、包帯を解いていく。

節くれ立った手や指を見つめながら、鉄二は杜若の話を黙って聞いていた。

「俺にはよく分からんが、こういうのは……あれだ。心の病気なんだろう？　お前、医者には診せたことがあるのか」

そのとき、杜若がはたと手を止めた。

あらわになった鉄二の二の腕から手首、手の甲にまで無数に走る傷痕を見て瞠目する。

「……お前っ」

日に焼けていない肌の上、傷痕がミミズ腫れになって膨らんでいた。どれも三、四センチほどの長さで、赤いラインが遠目にはペンで落書きしたように見える。

「皮膚の表面だけ、血が滲む程度にしか切っていません。血が流れ出るのを見るのも面白いんですけど、後始末がいろいろ大変なので」

こともなげに言ってのけると、杜若が怒りと哀しみが綯い交ぜになったような顔をした。

「おかしいと、思わないのか」

呻くように問いかけ、杜若が再び手を動かし始める。解いた後きれいに巻き直した包帯を鉄二の腕にあて、ゆっくりと適度に締めつけながら巻いていく。

「思いますよ。でも、どうしようもない」

「医者は？」

もう一度問われて、鉄二は苦笑を返す。

「診せました。それはもう、何カ所も病院に連れていかれました」

祖父母に引き取られた後も自傷行為を繰り返した鉄二は、それこそ都内外のあらゆる精神科を受診させられた。

「けれど、カウンセリングや薬なんか、意味がありませんでした」

祖父母が鉄二を畏れて距離をおくようになる前に、自ら受診を拒否したのだ。

訳知り顔の医者たちと長時間向き合うのも、やたら眠くなる薬を服用するのも、馬鹿馬鹿しくて仕方がなかった。

「……どうしようもねぇガキだな」

包帯をきっちりと巻き終え、杜若が項垂れる。

「自分でもそう思います」

鉄二は皺ひとつなく包帯が巻かれた腕をうっとり見つめて答えた。以前よりも随分と手際がよくなっていることに驚く。

「何が、理由だ？」

薬箱を片付けながら訊ねられ、鉄二は「さあ、分かりません」と素っ気なく答えた。

杜若を想って己を傷つけ、自慰に耽ったのだと打ち明けたら、いったいどんな顔をするだろう。

──言えるわけがない。

杜若の背中を見つめ、鉄二はこそりと憂いの溜息を吐く。

ありのままを告げたら、きっと杜若は鉄二を遠ざけるだろう。

それでなくとも、カタギであり、まだ子供の自分がヤクザのシノギに関わっていることを、よしとしていない。

木根商会が解散の危機に瀕していなければ、早々に追い払われていたに違いなかった。

「お前、今日は学校休む気なんだろう？」

問いかける声に視線を向けると、杜若がジャケットを羽織るところだった。

「ええ、こんな状態なので」

どこかに出かけるのだろうかと思いつつ、左腕を掲げて答えた。

「自分でやっといて何言ってやがる」

杜若が呆れた様子で苦笑する。

「じゃあ、悪いが窪が出てくるまで留守番頼めるか」

そう言って顎を擦り「髭、剃んの忘れてた」と零す。

「それは構いませんけど、一鬼さんは？」

「ちょっとな。野暮用だ」

曖昧に誤魔化されて、鉄二は胸がチクリと痛むのを感じた。

　ここ最近、杜若は誰にも行き先を告げずに出かけることが増えている。一日一度は必ず事務所や下の不動産屋に顔を出すが、それ以外は所在の分からないことが多かった。携帯電話も繋がらないときがあり、窪がそのことで愚痴を漏らすのを鉄二は何度も聞いている。

　いったいどこで何をしているのか……。

　気にならないと言えば嘘になるが、確かめる勇気も出ないまま時間だけが過ぎていく。

「鉄、俺は髭剃ったらすぐに出かけなきゃなんねぇんだ。電話は出なくていいから、とりあえず窪が来るまで頼む」

「あ、はい」

「あと、もう馬鹿な真似、するなよ」

　肩越しに振り返って言い置くと、杜若は会議室を出ていった。

　黒い背中を見送って、鉄二は椅子に腰かけたままぽかんと左腕を見つめる。

　杜若が触れた腕が熱をもっているような気がするのは、身勝手な思い込みだろうか。

　——心配、してくれた。

　出かける準備で急いでいただろうに、わざわざ包帯を巻き直してくれたのが、どうしようもなく嬉しい。

　そのとき、ドアの向こうからかすかにバタバタと物音が聞こえ、杜若が慌ただしく出かけていく気配を感じた。

「本当に、どこで何してるんだろ……」

鉄二は左腕を包帯の上から摩りながら、杜若が出ていったドアをぼんやりと眺めた。

結局その日、鉄二は杜若の顔を見ることなく帰宅した。

『もう馬鹿な真似、するなよ』

夜、灯りのない自室で、鉄二は包帯をそろりと解いた。

傷だらけの腕に触れた杜若の指先を想うと、胸の奥がズキズキと痛んで下腹が熱くなる。

腕や腹、胸の傷がジクジクして、鉄二は矢も盾もたまらずメスを手にした。

「はっ……」

闇の中、光る刃先に喉が鳴る。

杜若の指先を想い、叱り飛ばされた罵声を再生し、腫れた赤いラインをメスでなぞった。

鉄二の自傷を伴う自慰は、その日から毎夜繰り返された。


あまり学校を休むと杜若が本気で嫌がるので、遅刻や早退しつつも登校はする。

そうして鉄二は傷だらけの身体を見せつけるように、毎日木根商会の事務所に顔を出した。

「一鬼さん、今日もいないんですか？」

しかし、どういうわけか杜若は留守がちで、すれ違うことが多かった。

「んー、オレらもいい加減、何してるのか教えてくれって言ってんだけどよ」

真鍋も不満をあらわに口を尖らせる。

誰もが杜若の行動を不審に思い始めていた。

「何か事情があるんだろうけどよ、それにしても水臭いじゃねぇか」

鉄二も同じように思っていた。

いくらシノギの実務に関わっていなくても、組長なら組長らしく、事務所でどんと構えているのが当然だろう。

「それにしても、鉄二。お前、怪我の方全然治ってねぇじゃねぇか」

いつまで経っても包帯や絆創膏の数が減らない鉄二を、真鍋も気にしているようだ。三つのモニターを前にキーボードを叩く鉄二の手許を覗き込んでくる。

「真鍋さん、お店に行く時間じゃないんですか」

鉄二が無表情で促すと、真鍋がハッとして机の上に置いていた煙草とライターを摑んだ。

「やっべぇ……。キャスト希望の面接あるの、忘れてた」

駅前のビルで真鍋が支配人を務めるクラブは随分と繁盛している。

「なあ、鉄二。頭が戻ってきたら、今日こそどこで何してるか訊き出せよ！」

「善処します」

鉄二は真鍋の顔も見ないで返事した。

訊けるものなら、とうにそうしている。しかし杜若は頑なに、日々何をしているか教えてくれないのだ。

「じゃあな！　あんまり遅くならないうちに帰れよ」

乱暴にドアが閉じられると同時に、鉄二は手を止めた。

杜若のことが話に出るだけで、総毛立つ。

数日顔を見ないと、干涸びてしまいそうだ。

昨夜切りつけた脇腹の傷が疼いて、鉄二はそっと手を添えた。激しい自慰に耽りながら、いつも以上に深く皮膚を切り裂いてしまったのだ。

杜若に会えない日が続くと、どうにもメスを扱う手許が狂う。

「痛い、な」

傷薬を塗り、ガーゼを貼った上から包帯を巻かなければならないほどの傷だ。

この傷を見たら、杜若はどんな顔をするだろう。

心配そうに眉を下げ、優しく手当てしてくれるだろうか。

脇腹を手で押さえながら、鉄二はそっと瞼を閉じた。

脳裏に、杜若が白い脇腹に顔を寄せるのを想像する。

少し厚めの唇が、赤く盛り上がった傷に触れたとき、いったい、どんな感覚に襲われるのか――。

「鉄？」

妄想の世界に沈み込んでいたとき、いきなり背後から呼びかけられ、鉄二は跳び上がるほど驚いた。

「え、あ、一鬼さん……っ？」

どれほどの時間、浅ましい妄想に耽っていたのだろうか。

ドアが開く音にも気づけなかった。

「なんだ、お前。具合、悪いのか？」

黒のジャケットを肩にかけ、杜若が鉄二に歩み寄る。

「違います。ちょっと、目が疲れただけです」

顔を覗き込まれて、無意識に目を伏せた。気恥ずかしさとバツの悪さに、杜若の顔をまともに見られない。

「ならいいが……」

杜若が手の甲で額の汗を拭うのを、そっと上目遣いに盗み見る。

五月の半ば過ぎ、夏を思わせる気候が続いていた。

「表で真鍋さんに、会いませんでしたか？」

「いや。……それよりお前、傷、増えてないか？」

「──あっ」

杜若が胸許を覗き込んでいるのに気づき、鉄二は咄嗟にシャツの襟を引き寄せた。駅から事務所ビルまで歩く間、暑さのあまり襟をゆるめたのをそのままにしていたのだ。

昨夜、鉄二は無傷の肌を求め、小さく突き出た喉仏から鎖骨のあたりを切りつけ、新しい傷を残していた。

「鉄」

椅子の背もたれとパソコンを置いた机に手をつき、杜若が距離を縮める。

鉄二はきつく襟を摑んだまま、目を伏せるほかない。

「何度言ったら分かるんだ」

きつい口調で叱られる。

だが、どう答えても無駄な気がした。

──言ったところで、理解されるはずがない。

杜若を想うと、どうしても我慢できない。

太陽のような笑顔も、鬼神のような狂気も、決して手に入れられないと分かっている。

自覚した欲求は、人の道理に外れるものだ。

時代遅れの任俠を自負する杜若が、鉄二の想いを受け入れることも、理解することも絶対にあり得ない。

だからこそ……手に入らないと思えば思うほど、欲望は膨れ上がり、衝動がこみ上げる。

杜若の笑顔を無惨に切り裂きたい。

充実した肉体に蹂躙されたい。

肉を裂き、血を啜るような情交を鉄二は求めている。

それが許されないと分かっているからこそ、自傷と自慰を繰り返す。

杜若に嫌われはしないかと、見捨てられやしないかと怯えつつ、不安を払拭し欲望を満たすために、妄想に耽り、己に刃を立てるのだ。

「なあ、鉄」

黙り込んだ鉄二の髪を、大きな手がくしゃりと撫でる。

「こんなことやってると、お前、いつか死んじまう」

穏やかで落ち着いた声に、鼻の奥がツンとなるのを感じた。

「頼むから自分を痛めつけるのはやめてくれ。何か不安があるなら、俺が聞くから……」

髪を梳いていた手が離れたかと思うと、杜若が鉄二の頭を胸に抱き寄せる。

「……っ！」

ふわりと香る煙草と汗の匂いが鼻腔を掠め、鉄二は身体を強張らせた。

杜若が抱え込んだ鉄二の髪に唇を寄せてあやすように囁く。

「お前が心配なんだよ、鉄。なあ……、お前が何を抱えているのか、俺に話してくれねぇか」

堪らなかった。

「どうしたら、お前は幸せになれるんだ？」

鉄二は逞しい腕の中で瞠目し、息を呑んだ。鼓動がうるさいくらいに高鳴り、汗が噴き出す。身体中の傷がヒリヒリと痛んで、一斉に叫んでいるようだった。

「──……鬼さん」

戦慄く唇をどうにか動かして名を呼ぶ。

すると、少しだけ抱きしめる腕の力が弱まった。

おずおずと顔を上げると、奥まった双眸が苦悶に揺らいでいる。

ここで、想いのすべてを吐き出せたら、どんなに楽だろう。

杜若が欲しい。

あなたの笑顔に憧れている。

その笑顔を、思いきり切り刻みたい……。

笑顔だけでなく、杜若一鬼という男のすべてを手に入れ、思う存分、嬲って確かめたい。

そうして、同じように、自分を手酷く扱って欲しい。

いっそ、殺してくれても構わない──。

だが、言えるはずがなかった。

言ったところで、杜若が応えてくれる道理が見当たらない。

鉄二は小さく喉を鳴らすと、ふわりと微笑んだ。

「僕は……」

ヤクザの組長らしくない、情けに満ちた瞳を見つめ、鉄二は胸にある想いと相反する台詞を口にする。

「幸せが何か分かりません」

途端に、杜若が眉を寄せる。

胸の奥が焼けつくように痛んだが、鉄二は構わずに続けた。

「だから、幸せになりたいとか、不安がどうだとか、そういうことはどうでもいいんです」

「だがっ……お前が」

納得いかないといった様子で杜若が口を挟もうとする。

しかし、すぐにそれを制して、鉄二は隠していた胸の傷を杜若の眼下に晒した。

「僕がメスやナイフで切りつけるのは、それが気持ちいいからです。楽しいからです」

それは、紛れもない本音だ。

「一鬼さんが煙草を吸うのや、真鍋さんが女の人とセックスをする。それと同じようなものだと思えば、こんな傷ぐらいで心配することが無意味だって分かりますよね？」

嘘は何ひとつ吐いていない。

しかし、鉄二の腹蔵のない言葉に、杜若は頷くことなく瞳を曇らせただけだった。

不意に、無言のまま抱擁を解くと、杜若が鉄二に背を向けて事務室を出ていこうとする。

これ以上続けても押し問答に終わると察したのだろう。

「一鬼さん？」

一抹の不安を覚え、大きな背中に呼びかけた。

「またどこか、出かけるんですか？」

上着を手にした杜若が、足を止める。

「お前にゃ、関係ねぇ」

振り向きもせずぶっきらぼうに答えて、杜若は足早に出ていってしまった。

——最近、背中ばかり見てる気がするな。

ぽつんとひとり取り残されて、鉄二は憚(はばか)ることなく嘆息する。

数日ぶりに杜若に会えたというのに、気分が暗く沈んだままなのはどうしてだろう。

「……気持ち悪いって、思われたかな」

広くて厚い胸に抱き寄せられた瞬間、鉄二は何が起こったのか分からなくて、軽い混乱状態に陥った。

しかし、それは一瞬のことだった。

直後に杜若が囁いた言葉に、我に返らされたのだ。

『どうしたら、お前は幸せになれるんだ？』

幸せ……？

杜若が何を思ってそんなことを訊いたのか理解できなかった。

生まれてから今日まで、一度だって幸せになりたいと思ったことがない。

杜若に答えたように、鉄二は『幸せ』が何か分からなかった。

その概念自体がないのだ。

「幸せなんて、そんな形のないもの……意味がないじゃないか」

そんな曖昧なものよりも、鉄二には欲しいものがある。

何よりも確かで、熱を帯びた欲望……。

抱きしめられた瞬間、仄(ほの)かに胸に溢(あふ)れ、込み上げた感情の正体が分からないまま、鉄二はその日も熱を持て余して夜を迎えたのだった。


杜若に対する異常な欲望と衝動の捌(は)け口を求め、自傷行為はエスカレートしていった。

自室での行為は後始末が面倒で、祖父母が寝静まった深夜に浴室で行為に及ぶ。

苦痛と快楽に漏れ出る喘ぎと呻きは、シャワーの水音が消してくれる。流れ出る血液も精液も、すべて排水口が呑み込んでくれた。

杜若は以前にも増して忙しそうで、木根商会のビルで顔を合わせるのは週に一度か二度程度。

そうして包帯だらけの鉄二を見ては、杜若は焦慮の色を濃く滲ませた。

「やめろと言っているだろう？」

五本の指に絆創膏を巻いてキーボードを叩く鉄二に、杜若は馬鹿のひとつ覚えよろしく繰り返す。

そのたびに、鉄二は平然と笑殺した。

やがて、夏を迎える頃になると、鉄二の身体で傷のない部位は、首から上と手の届かない背中、そして局部だけとなっていた。

それは、やたらと蒸し暑い夜だった。

鉄二は夏休み前の定期テストを終えると、昼前から木根商会の事務所でパソコンに向き合っていた。

この日も杜若の姿はなく、窪に訊ねると一昨日から留守にしていると教えられた。

テスト期間ということもあって数日間顔を出していなかった鉄二は、わずかな動揺を覚え絆創膏だらけの指をぎゅっと握り込む。

「泊まりで、ですか?」

湧き上がる負の感情で声が震えそうだ。

「今夜中に戻るって話だったけどなぁ」

さして気にしていない様子で、窪が答える。当然のように、誰も行き先や目的を知らされていないらしい。

窪の言葉を信用して、鉄二は杜若の帰りを待つことにした。

しかし、午後十時を過ぎても、杜若は一向に帰ってこない。

「なあ、鉄二。そろそろ帰ろうぜ」

一階の不動産屋の営業を終え、営業報告をまとめ終えた窪が声をかけてくる。

「どうせだから終電まで待ってみます」

「そりゃ駄目だ。頭にきつく言われてる。鉄二は日付が変わる前に帰らせろってな」

窪が肩を竦めるのに、鉄二は唇を噛んだ。

「それに、ここには誰も泊めるなって言われてるんだ」

木根商会の構成員たちの杜若への心酔ぶりは甚だしい。それこそ、杜若が「白」と言えばカラスも「白」という具合だった。

鉄二は杜若が帰ってくるまで居座るつもりだったが、窪の頑として譲らない気配を察して早々に諦めた。

各所の戸締まりを確認してビルを出たときには、もう十一時を過ぎていた。

駅前へと向かう路地を歩き出すと同時に、窪が忌々しげに吐き捨てる。

「ったく、クソ暑ぃな」

夜になっても気温はなかなか下がらず、湿気を帯びた熱気が身体にまとわりつくようだ。

鉄二もこの暑さにはうんざりしていた。包帯や絆創膏の下で肌が蒸れて、生乾きの傷痕に汗が滲みるだけでなく、治りが遅くなるからだ。

傷ひとつない肌に切りつけることにもっとも興奮する鉄二にとって、傷だらけの今の自分の身体は醜いことこの上ない。

傷と傷の間にメスを走らせながら、夜毎、杜若を……日焼けした体躯を想って自慰に耽りまくっているせいで、それでなくても傷が癒える暇がなかった。

「それにしても、頭はどこで何やってんだかなぁ」

駅前通りに出る手前まで来たところで、窪が思い出したようにぽつりと零す。

鉄二は返事するでもなく無言のまま、窪の数歩後ろを歩いていた。

「あ」

突然、窪が足を止め、その背中にぶつかりそうになる。

「どうしたんですか、急に」

慌てて立ち止まり、窪に問いかけたとき、鉄二は駅前通りから路地に入ってきた人影に目をとめた。

——あ。

ひとりではなく、二人だということはすぐに分かった。重なり合って見えるのは、二人がくっついて歩いているからだ。ひとりがスーツケースを引いていて、ガラガラと耳障りな音が路地に響く。

「あれ、頭じゃね？」

窪がそう言うよりも早く、鉄二はこちらに向かってゆっくりと歩く二人の方に、駆け出していた。

右手をポケットに滑り込ませ、メスを握る。

「あ、おい！」

窪の声に人影がハッとしてこちらを見た。

「……鉄？」

闇に溶け込むようなダークスーツを身につけた杜若が、近づく鉄二を認めた瞬間——。

「……きゃっ」

鉄二は杜若と腕を組んでしなだれかかる女の顔めがけ、メスを一閃させた。

「ははっ」

かすかな手応えを感じて、喉が鳴る。

「いやぁ――ッ！」

路地に悲鳴を響かせ、女がよろめきかけた。

鉄二の目には、獲物である女の姿しか映っていない。

さらに足を踏み込んで、顔を覆う女の手に狙いを定める。

そのとき、振り上げた右手から、メスが叩き落とされた。

「なっ……！」

手首をしたたかに叩かれ、苦痛と驚きに顔を顰める。

「鉄……っ」

振り返ると、杜若が感情のない瞳で鉄二を見下ろしていた。

「――あ」

杜若の表情は暗く、決して恐怖を抱くようなものではない。

しかし、奥まった双眸に見つめられた途端、鉄二はへなへなと膝を折ってその場に頽れてしまった。

「ちょっ……、鉄二、お前……何やってんだ！」

慌てて追いかけてきた窪が、路地に蹲る女と鉄二、そして杜若を見て困惑の声を漏らす。

「え、な、なんすか？　ちょっと、頭……え、はぁ？」

「痛い……痛いっ！　ああ、何……なんなのよぉっ」

手についた血を見て、女が泣き喚く。

「あかりちゃん、大丈夫か？」

茫然とする鉄二の目の前で、杜若が女に声をかけ、支えて立ち上がらせた。

「痛い、痛いよぉ。何？　なんなの、信じらんない……。こんなっ……あぁっ」

杜若がスーツのジャケットを脱いで、女の頭をすっぽりと覆うようにかけてやる。

「大した怪我じゃない。すぐ近くに知り合いの医者がいるから、そこで診てもらおう」

優しく語りかける杜若の横顔を見上げつつ、鉄二は衝撃に打ちのめされていた。

杜若の姿を認めたと同時に、女の媚びた笑顔が目に入った。

直後、考えるよりも先に身体が勝手に動いていたのだ。

――なに？

いったい、何が起こったのか。

鉄二はまったく分からない。

ただ、杜若が自分ではなく、見知らぬ女の身を案じているのが、どうしようもなく悲しくて、恨めしい。

「おい、窪。この子、先生のとこへ連れてくぞ」

泣きじゃくる女を宥め、杜若が窪を呼んだ。

「は、はいっ」

窪はいまだ状況を把握しきれない様子だったが、女の肩を抱いて支えてやりながら、来た道を戻っていく。

「……鉄」

杜若が打ち落としたメスを拾い上げ、淡々とした口調で鉄二に呼びかけた。

「お前も来るんだ」

スッと差し出された大きな手に、鉄二は虚ろな目を向けた。

さっきまで女の肩を抱いていた、手だ。

仲睦まじく歩く杜若と女の姿を見た瞬間、頭の中で何かが弾けた。

鮮烈で歪で、熱く爛れた激情が、理性も何もかもを消し飛ばしたのだ。

「い、や……ですっ」

鉄二はふいとそっぽを向いて、膝に手をつき立ち上がろうとした。

しかし、足に力が入らない。

「なっ……んで」

急に情けなくなった。

衝動のまま女に切りつけたことも、容易くメスを奪われたことも、今、こうして杜若の前で惨めな姿を晒していることも――。

「行くぞ」

涙が込み上げるのを堪え、肩を震わせる鉄二に、杜若が静かに呼びかける。

「……っ」

鉄二は声も出せないまま首を左右に振った。

「駄々こねてんじゃねぇよ」

そう言われたかと思うと、軽々と身体を抱え上げられた。

「う、わあっ！」

思わずみっともない声をあげてしまう。

「暴れんなよ。落とすぞ」

こともなく言ってのけながら、杜若が窪の後を追って歩き出した。片手で鉄二を肩に担ぎ、もう一方の手でスーツケースを引いていく。

「お前、また傷増えてねぇか」

溜息交じりに言われて、鉄二は項垂れるほかなかった。

「ちょうどいい、お前も先生に診てもらえ」

ガラガラとスーツケースの音を響かせながら、杜若は悠然と路地を進んだ。

「先生」というのは、以前、真鍋に殴られた鉄二の治療をしてくれた町医者のことだ。

深夜にもかかわらず、迅速に女と鉄二に治療を施すと、先生は「眠いからさっさと帰れ」と全員を追い出した。

そうして木根商会のビルの前まで戻ってくると、杜若は女のためにタクシーを呼んでやった。

「ホント悪かったな、あかりちゃん。せっかくの旅行だったのに、最後にこんな目に遭わせちまって」

杜若が治療を終えた女に深々と頭を下げる。

「今度またボトルを入れさせてもらうからさ」

愛嬌(あいきょう)のある笑みを浮かべると、頬(ほお)に大きな絆創膏を貼った女の耳許に囁いた。

「ほら、鉄。お前もちゃんと頭下げろ」

鉄二のことを、女にどう説明したのかは分からない。

「すみませんでした……」

しかし、今は杜若に言われるまま従うしかなかった。

女は左頬の下に三センチほどの傷を負ったが、メスは皮膚の表面を軽く掠めただけで、縫合する必要もなければ痕が残る心配もないらしい。

女は鉄二をバケモノでも見るような目で睨みつけると、フン、と鼻を鳴らして背を向けた。

「見送ってくるから、俺が戻るまで鉄を頼む」

「はい」

窪に言い残すと、杜若は女の肩を抱き、スーツケースを引いてタクシーに指定した場所へ向かって歩き出した。

鉄二は腰を折ったまま、ガラガラというキャスターの音が遠ざかるのを聞いていた。

その後、窪にビルの四階にある、以前は部屋住みの若い衆が使っていた部屋に連れていかれた。

「お前、頭が戻ってくるまでに頭冷やせよ」

窪が面倒臭そうに吐き捨てる。

八畳間の和室はがらんとして、古びた和簞笥（わだんす）が一竿（ひとさお）置かれているだけだ。

鉄二は力なく畳に転がると、ぼんやりと染みだらけの天井を見上げた。

先生のところで有無を言わさず受けさせられた点滴に、鎮静剤か何か入っていたのだろうか。異様な気怠（けだる）さと睡魔に襲われ、目を閉じるとすぐ眠ってしまいそうになる。

「ホント……頭の情婦（いろ）に切りつけるとか、どういう神経してんだ……」

窪が鉄二の狂気を目の当たりにするのは、今夜がはじめてのことだった。真鍋から話は聞いていただろうし、毎日傷だらけの身体で事務所に現れるのだから、それなりに知っているつもりでいたのだろう。

「どこでスイッチ入ったのか知らねぇが、マジで危ねぇガキだったんだな」

だが、百聞は一見にしかず。突如、女に刃を向けた鉄二に驚きを隠せないようだった。

「ったく、頭もなんで……怒らねぇんだか」

窪は杜若の鉄二への態度に不満があるらしい。

ブツブツと独りごちるのをなんとなく聞いているうちに、鉄二は静かに眠りの淵へ引き摺り込まれていった。


生ぬるい風に頬を撫でられ、目が覚めた。

仄暗いオレンジ色をした豆電球の灯りの下、扇風機がカタカタと首を振っている。

瞼を薄く開いて視線を巡らせたが、窪の姿は見当たらない。

気怠い身体でのたのたと起き上がると、鉄二はそっと八畳間を後にした。

階段の踊り場に出ても人の気配を感じなかった鉄二は、そろそろと杜若の私室がある五階へ向かった。

「……でも頭、鉄二をこのままウチに置いとくのはどうかと思います」

五階で鍵のかかっていないドアを開けて先に進むと、奥の和室から杜若と窪、そして真鍋の話し声が聞こえてきた。

「ここまでウチの組が持ち直したのは、確かにアイツのお陰だってこたぁ、オレも分かりますが……。頭の情婦に手ェ出すなんて、やっぱアイツ、頭がイカレちまってるんです」

「だから、あかりちゃんはそういうんじゃねぇって言ってるだろ」

真鍋は鉄二が起こした騒動を話し合うために呼び出されたのだろう。

「最近、妙に苛ついてるなって、思ってたんですよねぇ」

鉄二は襖の脇で壁に背を預け、三人の話を盗み聞いた。

もしかしたら、木根商会への出入りを禁じられてしまうかもしれない。

いや――。

彼らのシノギの内情をすべて知っている鉄二を野放しにするとは考えられなかった。

――殺されたり、するんだろうか。

気の好い連中ばかりだが、彼らはヤクザだ。

木根商会に害をなすとなれば、鉄二にどんな制裁を加えるか分からない。

「それなら、それでいい……」

今さら追い出されるくらいなら、いっそ殺された方がマシだ。

杜若の傍にいたくて、役に立ちたくて、木根商会での居場所を作るのに必死だった。

せっかく手にしたと思った居場所を取り上げられるなら、杜若の傍にいられないなら、生きていても意味がない。

「鉄二は最初から何を考えてるのか分からねぇところがあったじゃないですか。今夜のこともそうですけど、いつ頭に刃向かうか……裏切るかも分からねぇ」

「そうっすよ。今はおとなしくても、いつ今日みたいにキレるか分からないんすから」

真鍋と窪が杜若に言い募る。彼らの不安はもっともだ。

「お前ら、鉄の話も聞かねぇで勝手なことばかり言うな」

杜若が溜息交じりに言うのを聞いて、鉄二はヒクリと喉を鳴らした。

かすかに、カラリとグラスの中で氷が踊る音が聞こえる。どうやら杜若は酒を飲みながら真鍋たちと話しているらしい。

――珍しいな。

外で飲んでくることは珍しくなかったが、杜若は決して事務所ビルで酒を飲んだりしなかった。

それだけ、今夜の自分の行動が杜若を悩ませているのだ。

――どうしたら、いいんだろう。

あっさりと切り捨てられるのも嫌だが、杜若を苦しめたくもない。

相反する感情に鉄二が唇を噛んだとき、杜若が激しく舌打ちするのが聞こえた。

「どんだけ鉄に助けてもらったか、その恩も忘れたのか」

――一鬼さん……っ。

切ないような痛みと同時に、胸がじんわりと熱くなる。

杜若はこの期に及んでなお、鉄二を庇ってくれた。どうしてそこまでしてくれるのか分からないまま、杜若への想いは膨れ上がる一方だ。

血が滲むほど唇を噛みしめ、鉄二は襖越しに漏れ聞こえる声に耳を傾ける。

「今さら鉄をカタギに戻すのか？　アレを？　冗談じゃねぇ」

杜若の声が震えていた。

「組が立ち直ったのは誰のお陰だ。ウマい汁だけ啜って、都合が悪くなったら捨てるのか？　俺にはできねぇっ」

早口で捲し立てると、何かを叩きつけるような音がした。手にしたグラスを机に強く置いたか、それとも拳を叩きつけたのだろう。

真鍋も窪も黙り込んでしまったのか、沈黙が流れる。

しばらくして、杜若が口を開いた。

「鉄のことは、俺が責任もって……どうにかする」

切羽詰まった声だった。

「もし鉄を遠ざけるにしても、何を考えているのか……話を聞いてからでも遅かねぇだろ」

杜若の出した答えに、反論する声はない。

「とにかく、今日のことはほかの若い衆や店のモンには絶対に知られるな。余計な不安を煽(あお)ることはねぇからな」

「……分かりました」

真鍋が答えると、やがて人の動く気配がした。

鉄二はハッとして急いで階段を下り、四階の踊り場に身を潜めた。

直後、真鍋と窪がそれぞれ憮然(ぶぜん)とした面持ちで階段を下りてきた。杜若はそのまま部屋にいるらしい。

二人がブツブツと文句を呟(つぶや)きながらビルを出ていくのを見届けると、鉄二は再び、杜若の私室へ向かった。胸には整理のつかない感情が渦巻いている。

「一鬼さん」

襖の手前で、声をかけた。

すると、返事の前にスッと襖が開いて少し驚く。

「あ」

「起きたか、鉄」

杜若が目を細めて迎えてくれるのに、喉元までせり上がっていた想いが口を突いて出た。

「もう、僕は必要ないですか?」

——あ。

言ってしまってから、ハッとする。

目の前で杜若が苦笑するのを認め、いたたまれなくなった。

「お前、聞いてたのか？」

「……っ」

訊ねられ、鉄二は無言で頷いた。

「とにかく、入れ」

促されるまま書院造りの六畳間に入ると、座卓の上にウィスキーのボトルとアイスペールが置かれていた。上座に半分ほど琥珀(こはく)色の液体が入ったロックグラスを認める。アイスペールの氷は半分以上溶けて水になっていた。

杜若が鉄二に「適当に座れ」と言って、飲みかけのグラスの前に胡座(あぐら)をかく。

「……はい」

鉄二は座卓を挟んで杜若の向かいに正座した。

「悪いな。座布団とか気の利いたモンがなくてよ」

杜若が少しバツの悪そうな表情を浮かべる。

煙草の臭(にお)いと重苦しい空気の漂う室内は、以前通されたときとはまるで違う空間に思えた。

「で、少しは落ち着いたか？」

氷が融けて薄くなったウィスキーを一気に呷(あお)り、杜若が視線を寄越す。

「傷の方も、いい加減な手当てしかしてなかったみたいだな。先生が怒ってたぜ」

言われてはじめて、鉄二ははたと気づいた。

「あ……」

左腕の包帯がきれいに巻き直されているばかりか、腹や胸にもしっかりした処置が施されている。意識はあったというのに、先生に治療されている間の記憶が、すっぽり抜け落ちていた。

「切り口の鮮やかさには、先生も舌を巻いちゃあいたがな。いい外科医になれるってよ」

感心した口ぶりで杜若が言うのに、鉄二は唇を引き結んで俯く。悪気がないことは分かっていたが、それでも「外科医」という単語に激しい嫌悪を覚えずにいられなかった。

押し黙る鉄二の様子に、杜若もすぐに気づいたらしい。

「……ああ、すまん。お前の親父が、外科医だったたな」

鉄二は幼少期のことを杜若にだけ話していた。

「いえ、別に……」

ふるふると首を振り、正座した膝の上で拳を握る。

杜若がいつまで経っても鉄二の質問に答えてくれないのがもどかしい。

静寂が二人を包み込む。

思い出したように杜若がグラスに氷を入れ、ウィスキーを注ぎながら「お前もちょっと飲むか？」と訊ねてくる。

鉄二はそれにも無言で首を振って応えた。未成年云々を言う気はない。

ただ、引導を渡すつもりなら、変な気遣いなどしないでさっさと済ませて欲しいと思った。そうでないと、頭の中に渦巻く疑念や疑問を逐一、杜若に叩きつけてしまいそうだ。自分がどうなるのかも気になるが、あの「あかり」とかいう女のことや、ここ数カ月もの間、何を忙しく動き回っていたのか……。

杜若には聞きたいことが山ほどある。

「何か言えよって、顔してるな」

杜若に図星を指され、鉄二は無意識に背筋を正した。

「そう身構えるなよ」

カラカラと氷を鳴らし、杜若がちびりとウィスキーを舐めた。ネクタイを解いてシャツの胸許をはだけ、無骨な指でロックグラスを手にする姿が様になっている。

「俺も、何から話しゃいいか、分かんなくてよ」

苦笑して目許に皺を刻む杜若の表情に切なさを覚え、鉄二は制服のズボンをきつく握った。

真鍋たちの前では鉄二を庇ってくれたが、やはり組の存続を優先すべきと考えたのだろう。どうすれば鉄二を納得させられるか、優しい彼は随分と悩んでいるに違いない。

「じゃあ、僕から、質問してもいいですか？」

――一鬼さんが言い出せないなら……。

どうせ追い出されるなら、すべてをあきらかにしておきたい。

むくりと頭を擡げそうになる恐怖を懸命に抑え込み、杜若の目を見つめた。

「あの女の人とは、どういう関係ですか？　それに最近、ずっと事務所を留守にしてるのはなぜですか？　あと……やっぱり僕は……っ」

「おいおい、ちょっと待てよ」

矢継ぎ早の質問に杜若が苦笑する。

「お前がいろいろ訊きたがってるのは分かるが、そういっぺんに言われちゃ、俺も何から答えていいか、余計にわけが分からなくなっちまう」

「すみません……」

焦燥に駆られ、自制が利かず捲し立ててしまった。

情けなさに項垂れると、杜若が氷を鳴らす音が聞こえた。

「……そうだなぁ」

上目遣いに窺い見る。

杜若がグラスを座卓に置いて肘をつくと、じっと鉄二を見据えた。

「お前みたいに頭のいいお坊っちゃんから見れば、俺のやってることなんざ、クソの役にも立たねぇことかもしれねぇが……」

　自虐的な言葉に、鉄二はきょとんとして目を瞬いた。

「あかりちゃんのことも、毎日出かけてたのも、同じ理由だ」

「え……？」

　頭の中が疑問符だらけになった。

「鉄、お前のお陰で木根商会はすっかり立ち直った。本当にありがてぇと思ってる」

「一鬼さん、いきなりなんですか……っ」

　杜若がいきなり深々と頭を下げるのに、鉄二は慌てて「頭を上げてくれ」と言った。

「うん、まあ、どれだけお前に頭下げても足りねぇくらい、木根商会はシノギも増えて、上納金を納める苦労もなくなった。若い衆にも少しはイイ格好させてやれるようになった」

　改まって礼を言われると、どうにも面映くて仕方がない。

　鉄二が居心地の悪さに肩を竦めていると、杜若が不意に声を潜めた。

「だがな、ウチがここ二年ばかりで急に息吹き返したもんだから、不審に思ってる連中がいるらしくてな」

「……え」

　小さく驚きの声を漏らすと、杜若が目を伏せ頷く。

木根商会の立て直しに取り組んだ当初、鉄二はできるだけ目立たないように時間をかけての再生を目論んだつもりだった。

しかしそれはあくまでも、公の目を気にしてのこと。

「お上の目は誤魔化せても、ハイエナの鼻は誤魔化せなかったたってことだよ」

杜若が薄く笑う。

「同じ田渡組系でウチのシマと隣り合ってる勇竜組が、半年ほど前から嗅ぎ回ってるらしいって話を聞いてな」

杜若は古い馴染みのバーのマスターから、見慣れない連中が店に出入りし始めたと聞いてピンと来たと話した。

「上納金をきっちり納められるようになって、上でも少し噂になったらしい。表向きはまっとうな商売にしか見えねぇのに、シノギ自体があからさまにデカくなかったから、勇竜組の連中も様子を窺わずにいられないんだろう」

鉄二は驚きを隠せないまま、一鬼の話に聞き入った。どんなに策を練ったつもりでも、所詮はカタギ者の考えたこと。同じ系列の他組織のことまでは頭になかったのだ。

「ウチのシノギが増えたぐらいで抗争になるようなことはねぇだろう。だが、この界隈の再開発で区画整理されて、縄張りについて勇竜組と近いうちに話し合いが必要になる」

小さな衝突がいつ起こってもおかしくはない状況なのだと、鉄二は今さらになって気づかされた。

「シノギはお前や真鍋たちに任せときゃ、問題ねぇ。俺は俺でできることをしようと思ってな」

杜若がニヤリとほくそ笑む。

「ありがたいことにウチはもう潰れたも同じだと思われていた弱小組織だ」

雀の涙ほどの上納金しか納められない弱小下部組織であったが故に敵視もされず、杜若も組長でありながら決して顔は広くなかった。

「勇竜組でも俺の顔を知ってるのは、多分、古参の幹部クラスだけだろう。それを逆手にとってやったのさ」

杜若はこの数カ月の間、勇竜組の息のかかった店などに出かけては、今後、より関係が悪化する可能性のある彼らの情報を探っていたのだ。

「あかりちゃんは、勇竜組直営クラブのホステスで、若衆頭のお気に入りだ」

杜若はあかりという女のほかにも、勇竜組と関係のあるキャバ嬢らに取り入って、内部事情を聞きだ出していたらしい。

「……そ、うだったん、ですか」

「あとは、親父の代に懇意にしてた古株の親分さん連中のご機嫌伺いに通ったりな。ウチがもしこれ以上デカくなるなら、後ろ盾は絶対に必要になる。そのためには古株の爺さん連中を抱き込むのが手っ取り早いだろう？」

鉄二は呆気にとられるばかりで、言葉が出てこなかった。

「女を誑かすか、爺さんに取り入るぐらいしか、俺には能がねぇからな」

鉄二は一鬼のいきいきとした表情に見蕩れた。

ギラギラとした欲望をたたえた瞳が、目の前にあるのが杜若の本来の姿だと物語っている。

学がない、組を立て直す術が分からないと、カタギの高校生の前で愚痴を零した男とはまるで別人のようだ。

しかし、ひと言も相談されなかったことが、鉄二は悔しかった。

「コソコソして、一鬼さんらしくないです」

どうしても、責め口調になる。事務所に来ても杜若に会えない日が続き、フラストレーションが蓄積した結果、夜毎の自傷行為が激化した。

鉄二の懊悩を知りもせず、杜若が目許をわずかに紅潮させて微笑む。

「ちょっとでもお前らの援護射撃になりゃいいと思ってな。下の者が頑張ってくれてんのに、組長が何もしないでぼーっとしてちゃ情けないだろう？」

「何も教えてくれなかったのは、僕がカタギで……組の人間じゃないからですか」

悪びれる様子のない杜若の態度に、つい拗ねた言い方をしてしまう。

杜若が自ら動き、組のための後ろ盾まで準備したのなら、それこそもう自分はお払い箱だろう。いずれ不要になる鉄二にすべてを打ち明ける必要はなくて当然だ。

「何、拗ねてんだ。鉄」

座卓の下から灰皿を引っ張り出して、杜若が煙草を咥える。

「あかりちゃんに、妬いたのか？」

「――ッ！」

予期せぬ問いかけに、顔面が凍りついた。

声も出ない様子の鉄二を見て、杜若が楽しそうに紫煙を吐き出す。

「だから、あんな馬鹿な真似したのか」

路地裏で杜若と肩を並べて歩く女を見た瞬間、頭が真っ白に――いや、真っ赤に染まったのを思い出した。

「……嫉妬？」

あのとき己を支配した焦げつくほどに熱い感情の正体を、鉄二ははじめて自覚する。

「嫉妬……ですか？」

意識したことのない感情に、困惑するばかり。

「違うのか、鉄」

ぽかんとして首を傾げる鉄二を見て、杜若も少し戸惑っているようだった。

「分かりません……」

そう答えるしかない。

鉄二は今もなお、杜若に対して抱く欲求の正体が何か分からずにいる。

「でも、確かにあのとき僕は、あの女が憎らしくて堪りませんでした」

木根商会の若い衆が杜若と戯れ合っていても、あんなに熱く激しい衝動に駆られたことはない。

しかし、白い腕を杜若の腕に絡ませ、媚びた眼差しで見つめる女が、鉄二にはどうしても許せなかった。穢らわしいとさえ、感じたのだ。

「うん、そうか」

右手に煙草を持ったまま再びグラスを手にとり、杜若が残った液体を一気に流し込んで目を伏せる。

かなりの杯を重ねたのだろう。ボトルには底から一センチもウィスキーが残っていない。

「お前がそう思うんなら、ああいうのはもうやめる」

杜若が小さくなった氷を頬張り、音を立てて嚙み砕く。そして、鉄二を眇めた目で見つめた。

「だから、なあ。……鉄」

酔いのせいだろうか。

鉄二の目に、奥まった双眸がいつになく潤んで、欲情しているように見えた。

「どうせ切り刻むなら、俺にしとけ」

空になったグラスを弄ぶように小さく振って、微笑む。

冗談めかして告げられた言葉。

しかし、鉄二を見つめる瞳は熱っぽく、揺るぎない。

「あ」

己だけを熱く見つめる漆黒の瞳に、息をするのも忘れてしまいそうだ。

ぶわりと、総毛立ち、目の奥がジンジンと痺れ、下腹が疼く。

自分の身体を切り裂きながら、必死に抑えつけてきた欲望を、杜若に見透かされたような気がした。

「な、何を言って……るんですか……っ」

身体の中心から、得体の知れない凄絶な力が込み上げるのを感じた。

抑えなくては――と思うのに、身体が言うことをきかない。

「僕はっ……」

鉄二はブルブルと全身を震わせながら、座卓に左手をつき立ち上がった。そして、右手を、もうひとつ隠し持っていたメスに伸ばす。

「一鬼さん……ッ」

座卓が邪魔だ。ほんの数センチ回り込めばいいだけだと分かっているのに、鉄二は矢も盾もたまらず膝を乗り上げた。

もう、どうしようもない。

目の前に肉の塊を差し出された獣みたいに、口から涎が垂れそうだ。

「もう、知りません……よ」

なけなしの理性を総動員して問いかけると、メスの刃をホルダーから放ち、蛍光灯の白い光の下に晒す。

「うん」

座卓の上を這うように近づく鉄二を見ても、杜若は微笑んでいてくれた。激情に駆られて涙が滲んだ鉄二の目をまっすぐに見上げ、短くなった煙草を揉み消す。

「お前には、俺を切るだけの理由がある」

澱みない声に、鉄二の涙腺が決壊する。

「僕を、捨てるんですか――」

声がみっともなく上擦った。

「だから、切ってもいいなんて、言うんですかっ……？」

杜若が、無言で目を伏せる。

まるで、好きにしろと、言うように――。

「一鬼さん……っ」

グラスやボトル、アイスペールを払い除け、メスを握った右手を振り上げた。

怒りとも焦燥ともつかない感情が鉄二を駆り立てる。

「――っ！」

座卓の上から倒れ込むようにして杜若の胸許へメスを突き立てた。

そして勢いのまま、二人一緒に畳の上へ崩れ落ちる。

「許さな……いっ」

真鍋たちには格好をつけておきながら、結局、杜若は自分を捨てるのだ。

「欲しいものが見つかるまで、付き合ってくれると言ったくせに……っ」

無我夢中で、黒いシャツを裂き、その下の肌をあらわにしていく。

激昂してぼろぼろと大粒の涙を流しながら、小さな刃を夢中で振るった。

「許さない……っ」

次から次へと溢れる涙で手許が見えない。

それでも鉄二は憎らしい男の胸を切り裂く手を止めなかった。

真夏の太陽を思わせる、眩しい笑顔。

身の毛がよだつような、禍々しい狂気。

どちらも手に入らないと、分かっていた。

けれどせめて、杜若の傍にいられれば……生きていけると思っていたのに――。

それすら許されないというのか。

白い光を背にする鉄二の影を受け、杜若が穏やかに微笑んでいる。シャツと一緒に胸を薄く切り裂かれて、あちこち血が滲んでいた。

しかし、餞別のつもりなのだろうか。

杜若は鉄二の好きにさせている。

それがまた、余計に鉄二の神経を逆撫でした。

「――ッ」

言葉にできない苛立ちに支配される。

鉄二はメスを横にして口に咥えると、杜若のベルトをゆるめにかかった。

「はっ……はっ」

頭がズキズキと痛む。涙が止まらない。

止まらないのは、杜若への想いも同じだった。

どうすればいい。

どうすれば、伝わる。

いったいどうすれば、この遣る瀬ない想いは叶うのか？

スラックスの前を寛げると、鉄二は一瞬の躊躇もなく杜若の下着をメスで切り裂いた。

「……鉄っ？」

さすがに杜若が困惑に声をあげるが、無視する。

焦燥と、そしてあきらかな劣情に突き動かされるまま、手を動かし続けた。

そうして、ヒタ、と杜若の下腹にメスの刃を添えると、ゆっくりと茂みの中で眠っているペニスに唇を沿えた。

「動くと、スパッといくかもしれませんよ」

チロチロと先端を舌先でくすぐりながら、股間から臍へ薄く続く体毛を断つようにメスを滑らせた。

「ッ……」

杜若が息を詰める。

十センチほどの傷からぷくりと血の雫が滲むのを見つめつつ、鉄二はまだ力ないペニスをパクリと咥えた。

「鉄……っ」

下腹を小さく痙攣させて、杜若がくぐもった声を漏らす。

少し裏筋を舌で辿っただけで、鉄二の口内で杜若の分身は一気にその幹を充実させた。

「んっ……ぅむ」

決して巧みではない口淫に、杜若があっさりと反応してくれたことで、鉄二は新たな興奮を覚える。

女にだらしないと聞いていたが、もしかしたら男もイケる性質なのかもしれない……。

頭の片隅でそんなことを思いつつ、次第に口淫に没頭していった。

しかし、並行して充実した男の体軀を切り刻む手を休めることもない。

薄く開いた双眸で、杜若の下腹から股間、腿のあたりを舐めるように見つめ、思いつくまま皮膚の表面にメスを走らせる。

「……ッン」

杜若がときおり漏らす低い声が、鉄二の劣情をいっそう煽った。

やや濃い陰部の体毛とは裏腹に、杜若の足や腕はすべらかで肌理の細かい肌で覆われている。

そこへ、質感を確かめるように切りつけた。

――ああ……。

指先に伝わるかすかな振動に、鉄二は感嘆の吐息を漏らした。

無駄な脂肪のない体軀は、適度な筋肉に覆われている。健康的な小麦色の肌の裂け目から血がじわりと滲み出す様は、えも言われぬ興奮をもたらした。

唇と舌で太く長いペニスを弄びながら、鉄二は欲求に従う。

杜若が欲しい。

杜若がいれば、ほかに何もいらないとさえ思う。

「……っき、さんっ」

どうすれば、手に入るのだろう。

鉄二は完全に勃起したペニスを吐き出すと、ゆっくりと身を起こした。

「ツ……ッ！」

メスの背で、ペニスの根元から括れまでを撫で上げると、杜若が緊張に身体を強張らせる。さすがに急所に刃物をあてられると、杜若といえど身が竦むのだろう。

「……ははっ」

制服のズボンを寛げながら、鉄二は思わず噴き出してしまう。極度に興奮すると笑ってしまう自分をはじめて意識した。

「ねえ、一鬼さん……っ」

右足だけ下着ごと脱いでしまうと、鉄二は杜若の腿の上に跨がった。

続けて、硬くなった細身のペニスを、惜しげもなく杜若の眼前に晒す。

そして、唾液まみれになって濡れ光る、雄々しく赤黒い怒張に手を添えた。

「僕はもうずっと、あなたが、欲しくて……欲しくて、仕方がなかったんです」

ゆっくりと膝を進めながら、杜若の先走りをまとったメスの刃を、べろりと舐めた。

「鉄……っ」

杜若が苦痛と情欲が入り混じった表情を曇らせる。そして、右手を伸ばして鉄二の膝を押し止めようとした。

「大事な性器を切られたくなかったら、じっとしていてください」

瞬時にメスで大きな手の甲を切り払い、鉄二は眼下の男を見下ろし命じる。

杜若は傷ついた右手の甲を押さえながら、それでも抗ったりせず無言で見上げていた。

「欲しいものが見つかるまで、僕に付き合ってくれると言いましたよね？」

手で支え持つ杜若の屹立を、白く丸い尻の狭間に押しあてつつ訊ねる。

「見つかったんです、欲しい、もの」

「鉄、待てっ……」

何を欲し、何を為そうしているか察したのだろう。

杜若が身を起こそうとしたとき、鉄二は手にしたメスを己の右頬に突き立てた。

さすがの杜若も息を呑み、動きを止める。

「……あぁっ」

刃の冷たい感触に、吐息が漏れた。

「てつ、じ……っ」

驚愕に目を見開く杜若を見下ろしながら、鉄二は恍惚の笑みを浮かべた。

そうして、皮膚の表面を突き破ったメスを、大頬骨筋の繊維に沿ってゆっくりと動かしていく。

――なんて、気持ちいいんだ……。

膝立ちして中腰になった股間で、細身のペニスがビクビクと跳ねる。

頬の傷から流れ落ちた血が、鉄二の首から肩、そして身体を赤く染めていった。

拍動に連動して、傷口が疼く。まるで頬にもうひとつ心臓があるようだ。

不思議と、痛みは微塵も感じない。

あるのはこの上ない興奮と、快感だけ――。

「鉄二っ……やめろっ！」

傷だらけの腹に鉄二の血を受け止めて、杜若が必死の形相で叫んだ。

「やめない。やめません……一鬼さんが、約束してくれるまで」

口許までメスで頬を切り裂くと、流れ落ちる血を手に取り、尻の狭間に塗りつけた。

「ねえ、一鬼さん。あなたを、僕にください」

メスを手にしたまま、腰を落とす。

「――ッ！」

杜若が息を詰め、奥歯を噛みしめた。

熱い怒張が、鉄二を引き裂こうとしている。

「あ、あ……っ」

皮膚を切り裂く痛みとはまったく違う種類の衝撃に、喉が喘いだ。

それでも、鉄二は左手で尻朶を割り開き、一気に腰を沈めていく。

「一っ……鬼さんのっ……オンナにして、くれたっ……てぃぃ……んです」

知らぬ間に乾きかけていた涙が、またどっと溢れた。

杜若のペニスはまだ半分も呑み込めていない。しかし、今この瞬間の息苦しささえ、鉄二にとっては快感でしかなかった。

欲しくて欲しくて堪らない男の性器を、我が身の内に呑み込む感動に震える。

「何されてもいいっ、なんでもしますから……だから、僕を、捨てっ……ないで――」

喘ぎながら訴えつつ、鉄二はとうとう根元まで受け入れた。

「ッ……鉄っ、お前ッ」

杜若の顔が苦渋に歪む。

しかし、苦しいだけでないことは、鉄二の腹の中にある灼熱のペニスが物語っていた。

「鉄……顔っ、傷が……ッ」

頬の傷からは鮮血がしとどに溢れ続けていた。

鉄二はゆるゆると腰を揺すり、メスを握り直す。

「ふふ……っ」

杜若が身体を捻り、起き上がろうとするたびに、鉄二は六つに割れた腹をメスで切りつけた。

「やめっ……馬鹿、鉄二……ッ」

錆（さ）びた臭いが室内に充満していく。

嗅ぎ慣れた臭いに陶然として、鉄二はゆっくりと背中を丸めた。

そして、杜若の逞しい胸や腹に無数に刻まれた傷に、口づけ、舌を這わせていく。

「……甘い」

アルコールのせいか、それとも杜若のものだからなのか、舌に絡まった血液はひどく甘かった。傷を舐め、血を啜り、滴る汗の匂いを吸い込むと、悪寒にも似た快感が背筋を駆け抜ける。

「鉄っ……」

鉄二の背中に腕を回し、杜若が視線を絡めてきた。

「一鬼さん」

鉄二は目を細め、血の滴る頬を綻（ほころ）ばせると、間近に杜若を見つめて言った。

「僕をっ……捨てるならっ、一鬼さんを殺して、僕も死にます——」

メスを、杜若の喉に突きつけると、突き出た喉仏が大きく上下する。

「いい、ぜ」

杜若が大きく目を見開いたかと思うと、左手でそっとメスを握り込んだ。

「え？」

少し掠れた声に、鉄二は一瞬、息を止める。

杜若がメスを握ったまま、鉄二をきつく抱きしめた。

「い……っきさ……」

呼吸の再開とともに、鉄二は重なった肌の熱さに身を震わせた。血でベタつく胸の感触も、繋がり合った下品な部位も、抱きしめられた背中までが、どろりと融けてしまいそうだ。

「お前になら殺されてもいい」

「あ――」

流れ出る血で濡れた右耳に囁かれ、全身が粟立つ。

それだけで達してしまいそうだった。

「だが、お前が俺のために死ぬのはゴメンだ」

アルコールと煙草の臭いがわずかに残る唇や舌が、鉄二の頬を伝う血をぞろりと舐め上げる。そして、ぱっくりと開いた傷口に優しくキスをくれた。

「一鬼さ……っ」

蚊の鳴くような声で呼び返すのが精一杯だった。頬を伝う熱いものが、涙なのか血なのかも分からない。言葉に喩えようのない感情に揺さぶられ、全身がガクガクと震える。

「な、んで……そこまで……？」

身勝手で、一方的な願望だと思っていた。

どうして杜若がこうまでして、自分を受け入れてくれるのか分からない。

「言っただろう？」

杜若が背に回した腕をゆるめる。

少しだけ鉄二は首を擡げた。

鉄二の血で頬や唇を赤く染めた杜若が笑っていた。

「お前と心中するって」

焦がれてやまない、あの太陽のような笑顔だ。

「男に二言はねぇんだよ」

次の瞬間、鉄二は杜若にメスを打ち払われ、そうして、思いきり唇に嚙みつかれた。


「ひっ……あ、あぁっ……」

畳の上で、ズッズッ……と背を擦られながら、鉄二は目の前の光景にうっとりする。

ただの布きれとなった黒いシャツを脱ぎ捨てた男の肩には、青い波が立ち、桜吹雪が舞っていた。

――なんて、美しいんだろう。

逞しい肩から胸、二の腕を血に汚れた手でなぞり、すべらかな肌触りに恍惚とする。

杜若の背にこれほどの刺青があることを、鉄二は今日まで知らなかった。

シャツを切り裂き、隆起した胸を傷つけたときも、錯乱して気づけずにいたのだ。

汗を滴らせる胸許に、何本も見苦しい傷が走っている。

魂を攫われそうなくらい美しい刺青を、自分がこの手で傷つけたと思うと悔やまれてならなかった。

腹を抉られる圧迫感と、それを凌駕する快感に溺れながら、鉄二は杜若の胸をそろりと撫でた。ミミズ腫れになった傷痕はすでに乾きかけているが、軽く爪で引っ掻けばすぐに血が滲んできそうだ。

「……鉄ッ」

滾る欲望を力任せに叩きつける杜若の声が、上擦っている。

小さな窄まりを穿つペニスは猛々しく、鉄二の腹を内側から喰らい尽くそうとしているようだ。

「んっ……あ、あっ……あっ」

名を呼ばれるだけで、さざ波のような快感が傷だらけの肌の上を走り抜ける。

過去に経験したどのセックスも、夜毎繰り返した自傷行為も、杜若が与えてくれる快感には遠く及ばない。

気持ち、いい……。

血塗れのシャツが張りつく肌が燃えるように熱かった。

杜若に突き上げられるたび、細身のペニスが跳ねて腹を叩く。すでに数度の絶頂を迎えているというのに、鉄二のペニスはいまだ萎えずに先走りを垂らしていた。

「鉄ッ……、イイか？」

息を弾ませ杜若が問う。

穏やかな微笑みと雄の色香が綯い交ぜになった表情に、新たな劣情を呼び起こされた。

「いぃっ……です、凄く……あ、いぃっ……気持ち、いぃっ」

みっともなく喘ぎ、乱れながら、鉄二は杜若の胸の傷を引っ掻いた。

「ツッ……、馬鹿、痛ぇだろっ」

杜若が顔を顰めるのがまた、ゾクゾクとした情欲をそそる。

「き、れい……です。一鬼さん……の、刺青……っ」

鉄二は左胸の桜の花弁に残る傷痕に、指先を突き立てた。引っ掻き、抉り、薄い皮膚を捲り上げ、鮮血が溢れる様に目を細める。

「血の色も……ほかの誰よりっ……きれい、だ……」

悪戯する鉄二にお仕置きするかのごとく、杜若がいっそう強く腰を叩きつけた。細い腰を抱え上げ、内臓を突き破らんばかりに最奥を穿つ。

「クソッ……」

「あっ……ああっ、いい……っ！　もっと、もっと酷くして……くださっ……」

堪らなかった。

杜若の凶暴なセックスの律動に、汗と血が混じり合って滴り落ちる。

鉄二は顔面に降り注ぐ杜若の汗を、喘ぐ口腔で受け止め、嚥下した。

裂けた頬の痛みは少しも感じない。それどころか杜若の汗や血を浴びてヒリつくたびにジンジンと疼く傷は、鉄二にこの上ない快感と興奮を与えてくれる。

それこそ性器のひとつであるかのように——。

「一鬼っ……さ、一鬼さんっ……」

息が上がって、目眩がした。

ときどき意識が途切れそうになる。

鉄二はひしと杜若の肩を抱き寄せると、涙声で訴えた。

「お……願いで……す」

「ん……？　なん……だ」

律動はそのままに、杜若が優しく問い返す。

鉄二は霞む意識を手繰り寄せ、彫りの深い顔を血塗れの手で挟み込んだ。そして、熱い吐息を受けながら、杜若の双眸を見つめる。

「僕、以外の……誰にも、あなたを……触らせないでくださいっ」

どうにもできない感情に心も身体も揺さぶられ、鉄二は杜若の唇を塞いだ。

腹が、熱い。

涙が溢れる。

鉄の味の舌を絡み合わせると、杜若が吐息を注ぎ込んできた。

「ああ」

そして、いっそう高く腰を抱え上げられたかと思うと、思い知れとばかりに熱杭（ねっくい）を打ち込まれる。

「俺は……お前のモンだっ」

一瞬、空耳かと思った。

快感と、そしておそらくは失血による意識混濁のためだろう。

にわかに信じられない。

「鉄、……鉄二っ」

余裕のないくぐもった声を鼓膜に注がれると、何がなんだか分からなくなる。

「あっ……、あっ……」

腹が張り裂けそうなほど内側から抉られて、鉄二は短い嬌声（きょうせい）を繰り返した。

絶頂が近い。

もう何度目か、分からなかった。

気持ちがいい。

「お前に全部……くれてやる！」

何か熱くて重いものに押し潰されるような圧迫感に襲われる。

「ひっ……あ、あっ……イクッ……イ……ッ」

胃の底を持ち上げられる感覚と同時に、抗いようのない絶頂感が込み上げた。

「鉄、……一緒に――」

身体の中を熱した楔（くさび）で穿たれ、息を呑む。

「……ヒッ」

直後、腹の上に熱湯を撒（ま）かれたかと錯覚するほどの熱を覚え、鉄二はそのまま意識を手放した。


「いい加減にしろよ、一鬼。死にたがりの面倒なんざ、みたくもねぇんだ。分かったな」

「……悪かったな、先生」

聞き覚えのある嗄（しゃが）れ声を耳にして、鉄二は重い瞼を開く。薄暗い室内に目を凝らすが、霞んだ視界に映るのは見慣れぬ天井と、四角い古びたランプシェードだけだ。

「ハッ……ハッ」

途切れがちの乱れた呼吸が自分のものだと覚るのに、数秒を要した。

全身が燃えるように熱い。

顔の右半分がズキズキと痛む。

――ここは？

朦朧としたまま首を捻ったとき、静かに左手の襖が開いた。

「……あ」

差し込む蛍光灯の光と杜若の姿に、鉄二はようやく状況を理解する。

「気がついたか」

杜若はスウェットの下だけ穿いた格好で、布団に横たわる鉄二の傍に腰を下ろした。

「い……き、さん」

口を開き、杜若の名を呼ぼうとしたが、上手く声が出ない。

目を瞬く鉄二を見つめ、杜若が苦笑する。

「顔、自分でザックリいったの、覚えてるか？」

右の人差し指でスッと自分の頬を切るマネをした。

言われてはじめて、鉄二は顔の右半分を包帯で覆われていることに気づいた。服は浴衣に着替えさせられ、腹から下に薄いタオルケットがかけられている。

「先生に滅茶苦茶怒られちまった。『お前ンとこの若ぇモンは頭がイカれちまってんのか』とな」

杜若の胸や腹の傷、そして鉄二が自ら切り裂いた右頬の傷の手当てのため、「先生」を呼び出したのだろう。さっき襖越しに聞いたのは、先生の捨て台詞だったのだ。

「ああ見えて、先生の腕は確かだ。俺の親父が若い頃には指ツメから銃創まで、なんでも顔色変えずに診てくれてたらしいからな」

ぼんやりとした目を向ける鉄二に、杜若が穏やかに笑う。

鉄二の頬の傷は先生がきちんと処置してくれたらしい。

「明日は朝から畳替えだ、まったく」

文句を言いつつ、大きな手で鉄二の髪を撫で梳いてくれた。

「せっかくのきれいな顔が、台無しじゃねぇか。勿体ねぇ」

杜若が切なげに目を細める。

鉄二はそっと手を持ち上げると、赤い線がいくつも走る桜の舞う胸に触れた。いくつかは絆創膏で覆われているが、浅い傷は薬を塗布しただけのようだった。

「この、きれいな……刺青に比べたら、僕の顔なんて……どうでも、いいです」

鉄二はうっとりと杜若の刺青を見つめて言った。上手く言葉を発せないのがもどかしい。

すると、杜若がくすっと笑った。

「ああ、お前ははじめて見るのか」

褒められて満更でもなかったのか、杜若が胡座をかいたまま背を向ける。

「それほど知られた彫り師じゃなかったが、俺は世界一だと思ってる」

適度な筋肉に覆われた肩から背中に、胸許と同じ青波と桜吹雪が刻まれていた。そうしてその中心には、おぞましい表情で睨みを利かせる鬼が彫られている。

「夜叉、だ」

耳まで裂けた赤い口、その口から覗く牙、頭部に生える角、見る者を居竦ませる鋭い眼光は、能などに使われる般若の面を思わせた。

鬼気迫る夜叉の表情に、鉄二はコクリと喉を鳴らす。

——本当に、なんて……美しい。

杜若が理性を失った鉄二の前で、背を見せなかったことに深く感謝した。

もし、この刺青に傷をつけていたら、きっと自分が許せなかっただろう。それこそ自ら命を絶っていたかもしれない。

それほどまでに、杜若の夜叉の刺青は鉄二の美意識に突き刺さった。

何かを見て、それを美しいと感じることがほとんどなかった鉄二にとって、杜若という男は何もかもが特別に思える。

眩しい笑顔。

ときおり垣間見せる凶悪な表情。

明るい性格と、鉄二のすべてを受け入れてくれる懐の深さ。

そして、背に負うた、おぞましくも美しい夜叉の刺青。

何もかもが、鉄二を虜(とりこ)にする。

「美しい、です」

陶然として夜叉の赤い口に触れた。

健康的で張りのある肌理細かい肌は、生っ白くて傷だらけの鉄二の肌とは大違いだ。

「まだガキに毛が生えた程度の頃、組を継ぐ覚悟のつもりで墨を入れたんだが……」

ゆっくりと振り返って、杜若が右手で左肩を撫でる。

「若僧だったあの頃の俺には、見栄と意地しかなかったのかもしれねぇ」

鉄二ははにかんだ笑顔を黙って見ていた。

「なあ、鉄」

呼びかけ、頬の傷の上をそろそろと指先で触れる。杜若の左手には包帯が巻かれていた。

メスを握った傷が予想外に深かったのかもしれない。

頬の包帯に触れるか触れないかというささやかな接触だったが、鉄二は傷口に滲みるような痛みを覚えた。

「……あ」

わずかに眉を寄せると、杜若がハッとして手を引っ込め「悪い、痛かったか」と謝る。

そんな姿に、鉄二は胸の中でこそりと笑っていた。

「やっぱり俺は、お前に自分を傷つけてもらいたくねぇ。……だから」

鉄二の腕や手の甲に消えずに残る傷痕を見やって、杜若が神妙な面持ちで告げる。

「俺は、夜叉になる」

突如、杜若がまとう空気が異質なものになった気がした。

鉄二はただ瞠目して、力強い眼差しを受け止める。

「この夜叉を背負ったとき、俺はまだ本当の覚悟ってものが分かってなかった」

包帯を巻かれた左手が、中途半端に開いた鉄二の唇に触れた。

「だが、今は違う。きっぱり肚を据えた」

言葉どおりの覚悟をたたえた揺るぎない瞳に、吸い込まれてしまいそうだ。

「俺は、組のため……お前のために、夜叉になる」

唇を割り、杜若の指先が鉄二の歯列をなぞる。ゆっくりと焦らすような動きだ。

「お前には、俺をくれてやる。だから、鉄……」

口を限界まで開けるように指先で促され、鉄二は頬に痛みを覚えつつ従った。

「ぁ、う」

舌を強く押され、喉が開く。

息が、できない。

「これからは、俺を、切れ――」

深く暗い沼のような瞳に覗き込まれ、鉄二は杜若の覚悟がどれほどのものかを思い知る。

「そのかわり、お前の身体は絶対に傷つけるな」

首を横に振ろうものなら、杜若は鉄二の喉奥を突いて殺すつもりなのだろう。

「それが守れるなら、お前と心中してやる」

思考も身体も押し潰されそうな威圧感に、鉄二は全身を小刻みに震わせた。

「お前みたいな滅茶苦茶なガキ、見たことがねぇ。本当に……何もかもが桁外れで、鬼なんて言われていい気になってた自分が恥ずかしいくらいだ」

鉄二の双眸に涙が溢れた。

「なあ、鉄。俺はそんなお前に……惚れちまった。お前が欲しがるもの全部、手に入れてやりてぇと思うぐらい、惚れちまったんだよ」

「……っ」

痛みも熱も、すべてを凌ぐ激情に、滂沱する。

杜若の瞳が濡れていた。鬼気迫る表情の奥に、彼の言う「覚悟」が見えた気がする。

「鉄、どうなんだ」

答えを促され、鉄二は口腔を犯されたまま唇を窄めた。

——約束、します。

そうして上目遣いに杜若を見上げたまま、頷くかわりに太い指先を強く吸ってみせたのだった。

【六】

高校卒業と同時に、鶴巻鉄二は木根商会三代目・杜若一鬼と盃を交わし、正式に木根商会の構成員となった。

盃式は、鉄二の頬の傷が癒えたある夜、杜若の私室で二人きりで行った。本来であれば見届け人などが同席する神聖な儀式らしいが、杜若が不要だと説いたのだ。

「俺らだけの契りだ」

鉄二は盃式になど意味がないと思っていた。

だが、こんな些細な儀式ひとつで杜若が手に入るのならと、彼の意思に従った。


卒業式を終えるなり、祖父母のもとを家出同然に出てきた鉄二は、木根商会事務所ビルの四階に居を構えた。以前、部屋住みの若い衆が使っていた部屋だ。

祖父母には縁を切ると言い置き、実父にも二度と関わらないと絶縁状を送りつけ、今後の送金は無用だと書き添えた。

母には、何も知らせなかった。

いや、鉄二はもうすっかり、母のことなど忘れてしまっていたのだ。

——あんなに執着していたというのに……。

我ながら薄情だと思う。

しかし、夫の気を引くために我が子を利用した女に、今さらなんの感慨もなかった。

——一鬼さんが、いる。

杜若一鬼という男を手に入れた。

あるがままの鉄二を受け入れてくれる、唯一無二の存在だ。

それに比べれば、腹を痛めて生んだ子供のことを忘れ、夢の国に生きる女など、ゴミ屑でしかない。

鉄二は灰色の過去を闇に染め、忘却の彼方に葬り去った。


「は？」

真鍋が顔を顰め、不満をあらわにする。事務所ビルの二階で新調した応接セットのソファに腰かけ、眉間に皺を寄せて向かいに座す鉄二を睨みつけてきた。

「今まで鉄が組に貢献してくれたことを考えれば、当然だろう？」

渋茶色をした真新しいビジネスデスクで、杜若が煙草を燻らせ穏やかに告げる。

「そりゃ、鉄二のお陰で今の木根商会があるって分かってますよ。けど、いきなり組長補佐って……」

真鍋の隣に座った窪が、同じように険しい表情でコクコクと頷いた。

正式な構成員となった鉄二を、杜若は組長である自分の直属としたのだ。同時に、若衆頭だった真鍋を若頭に、窪には若衆頭を襲名させると一方的に宣告した。

「だったら真鍋、お前の下に鉄二をつけてやれば満足か？」

「え？」

杜若に問いかけられ、真鍋がギョッとする。

「お前に鉄二の手綱を任せることになるが、それでもいいというなら……」

「ちょ、ちょっと待ってください。頭……っ」

真鍋が慌てて杜若の声を遮った。

「オレが言ってんのはそういうことじゃないんすよ！」

立ち上がって唾を飛ばす真鍋を、窪が不安そうに見上げる。

「頭、分かってるんですか？　コイツは……鉄二はマジで危ない奴だって、オレら何度も思い知らされてきたじゃないすか」

不服を遠慮なく口にする真鍋の声を、鉄二は黙って聞いていた。

「そりゃ、確かに鉄二は凄いですよ。オレらにはできねぇこと、たった二年やそこらでやっちまった。けど、それとこれとは別の話です。ウチで抱えるってだけならまだしも、いきなり幹部だなんて……っ」

するど、真鍋の援護射撃のつもりだろうか、それまで黙っていた窪が口を開いた。

「俺も真鍋さんと同じ考えです、頭。鉄二にはいろいろ世話になってきましたが、俺らが迷惑かけられたことも一度や二度じゃない。だいたいコイツは、頭に切りかかっただけでなく、組の事務所で自殺騒動まで起こしたんですよ？　そんなガキを……」

「じゃあ、野放しにするのか？　お前らが揃ってビクつくような、しかも木根商会のシノギの一切を握るガキを？」

杜若の抑揚のない、けれど有無を言わせぬ声が室内に響き渡る。

「そ、それは……っ」

真鍋が動揺に言葉をなくし、窪が俯く。

「鉄がヤバいガキだってのは、最初っから承知の上だ。何より、この俺が身をもって痛感してる」

杜若の胸の傷はすっかり癒え、ほとんど残っていない。

「そのうえで俺は、コイツと心中すると決めた」

鉄二は背中越しに聞く杜若の声に身震いしていた。

　自分の居場所はここしかないのだと、杜若が証明してくれたようでなんとも気分がいい。

「それに、危ない奴だからこそ、ウチで囲っとかねぇとまずいと思わねぇか。もしコイツを野放しにしてみろ。お前ら……夜道をひとりで歩けなくなるに決まってる」

　鉄二の目の前で、真鍋と窪の二人が何も言えずに項垂れる。

「それでも気に入らねぇってんなら、お前ら揃って絶縁してやる。指ツメろなんて馬鹿らしいことは言わねぇから、好きにしろ」

「か、頭……そんな、絶縁とか冗談じゃないっすよ！」

　真鍋が顔色をなくしてわたわたと杜若に駆け寄った。除籍となれば木根商会を追い出されるだけでなく、足を洗って二度と暴力団組織と関わることができなくなるのだ。

「真鍋、俺は鉄を特別扱いしようってんじゃない。どうすりゃすべて丸く収まるか、俺なりに考えて決めたんだ」

　確固たる自信を漲（みなぎ）らせる杜若に、真鍋と窪が押し黙る。

　杜若に心酔する二人にとって、頭の決めたことは絶対だ。これ以上不満を訴えることなどできるはずがない。

「大丈夫ですよ」

　沈黙を守っていた鉄二は、叱られた子供みたいに落ち込む真鍋と窪に声をかけた。

「……何が、大丈夫なんだ。鉄二」

真鍋が忌々しそうに睨みつけてくる。

鉄二はその目を見つめ返し、薄く笑った。

「僕だって馬鹿じゃありません。木根商会の一員となったからには、組のため、一鬼さんのため、これまで以上に尽くすつもりです。勿論、真鍋さんや窪さんにも悪いようにはしませんから」

話すと右頬がわずかに引き攣る。鉄二の頬には、生々しい傷痕が唇の端から眦の下にかけて走っていた。夏の夜、杜若の腰に跨がって自らメスで切りつけた傷は、白く薄い痕となって残ったのだ。

「それに、肩書きなんてどうでもいいんです。補佐だろうが若頭だろうが、そんなもの、僕にはまったく価値がない」

静かに立ち上がってあるがまま本音を口にすると、真鍋が途端に顔を赤くした。

「一鬼さんの傍にいられるなら、それだけでいいんですよ。……ああ、真鍋さん」

新しく誂えたスーツの胸許に手を差し込み、内ポケットに忍ばせたものを握る。

「そんなに補佐という肩書きが欲しければ、お譲りしますよ？」

微笑をたたえたまま訊ねると、手にしたジャックナイフの刃先を真鍋の眼前に突き出した。

「っ……鉄二、お前っ」

柄の両端に大小二つの刃を忍ばせたナイフを突きつけられ、真鍋が表情を強張らせる。

窪が目を剝き、息を呑んだ。

「何をそんなに驚くんです？　ずっとお世話になってきたお二人に、僕が本気で刃を向けるはずがないでしょう？　まあ、今後のお二人の動向次第ですけれど……ね」

「鉄、いい加減にしろ」

杜若に制されて、鉄二は手早くナイフの刃を柄の部分に折り込んだ。

「分かってますよ、一鬼さん。ただ僕はお二人に念押ししただけです」

ナイフを胸の内ポケットにしまうと、真鍋を眇めた目で舐めつける。

「今後、僕はもっともっと木根商会を大きくするつもりでいます。もし、その邪魔をするようなことがあったら、たとえ真鍋さんや窪さんといえども、容赦しませんから」

笑みをたたえたままの鉄二を真鍋が無言で見つめていた。奥歯を嚙みしめる音が聞こえてきそうだ。

その隣で、窪が沈痛な面持ちで項垂れていた。

木根商会を、大きくする。

それは、鉄二が己に課した大きな使命だ。

誰に言われたのでもない。勿論、杜若に命じられたわけでもない。

しかし、鉄二は杜若の傍にいるためには、木根商会を今以上に大きな組織へ育て上げなければならないと感じていた。

『お前と心中してやる』

杜若はそう約束してくれたが、鉄二は常に不安を抱え続けている。

なぜなら、杜若がここまでして自分を受け入れ、傍に置いてくれるのか、その理由がいまだに分からないからだ。

信じられないわけではない。

しかし、分からないからこそ、不安が募る。

いつ、杜若に飽きられ、見捨てられ、突き放されるか分からない恐怖。

――組をもっと大きくすれば、なくてはならない存在になれば、杜若は自分を手許に置き続けてくれるだろう。

遺棄されるかもしれない――という恐怖を拭うため、鉄二はいっそう、木根商会の勢力拡大に意欲を燃やすのだった。

その年の春以降、木根商会は鉄二が示す経営戦略のもと、着実に勢力を広げていった。
駅前のビルは木根商会――ヤクザの手垢がついたということで不動産価値が落ち始めていたのだが、それを一般の不動産会社に売り払ったのだ。

勿論、その不動産会社は少し調べたぐらいでは分からない、木根商会のフロント企業だ。そして、テナントに入った店もすべて、木根商会の息のかかったものばかりだった。

暴対法や排除条例のため、フロント企業の立ち上げにも気を遣う昨今。

鉄二は危険な名義貸しではなく、カタギの人間を事業主に据えて、小規模ではあるが複数のフロント企業を起こした。身寄りのない独居老人を懐柔し、月々の手当てを約束した上で彼らを事業主に仕立て上げる。人選には細心の注意を払い、開業届を出すまでに幾重も仕掛けを施し、木根商会との繋がりを消した。起業後は形式上の事業報告を行い、手当てを振り込み、個人事業主としてきちんと申告していれば、よほどのことがない限り問題は浮上しないだろう。

そうやって表向き、ビルの持ち主もテナントの事業主も一般人という形をとれば条例に怯える必要はなくなる。何も知らないカタギを雇って真っ当な商売をさせるだけで、不動産収入だけでなく、テナント各店の収益まで木根商会に転がり込んでくるのだ。

駅前ビルを表向き売却した際、鉄二は真鍋と窪もシノギから身を引かせた。

これから弱小組織を脱却しようというのに、若頭など幹部クラスの人間が、表に顔を出してシノギを得るというのは、対外的にもよくないと判断したからだ。

今後、二人には木根商会幹部として、他組織との交渉や構成員の教育にあたってもらわねばならい。

異動の指示伝達はすべて、鉄二のいない場所で杜若に出してもらった。

鉄二が表に立つことで、真鍋や窪の神経を逆撫でするのは得策ではない。何より、直接組長である杜若に命じられれば、彼らは断ることができなかった。

木根商会の変革を一気に進めるため、鉄二は先代が建てた木根商会のビルをリフォームし、組の本部として機能させようとしていた。

そのためには『使える人間』がもっと必要だ。

真鍋や窪、またほかの構成員たちは、鉄二が求める仕事には応えてくれないだろう。彼らは鉄二ではなく、木根商会と杜若への忠誠心があってここにいる。

鉄二にとって彼らは馴染みではあるが、いつ裏切るか分からないただの他人でしかない。

杜若の傍に居続けるためには、形のない義理人情や組織のしがらみに囚われない、鉄二にだけ忠実な人材が必要だった。

――意のままに動かせる、手駒が欲しい。

事務所ビルの四階の和室で、鉄二はひとりほくそ笑んだ。

「ンっ……あ、あっ、一鬼さ……んっ」

胡座をかいた杜若の上で、鉄二は背を仰け反らせた。

桜吹雪と夜叉が刻まれた背中を掻き抱き、腹の奥を抉られる快感に嬌声を放つ。

「いい……んだぞ、鉄」

細い腰を抱え、下から突き上げながら、杜若が呻く。

「切りたければ、好きなだけ……っ」

「あ、あうっ……、う、うん、……いや、ですっ」

手に二つ刃のジャックナイフを握りしめつつも、鉄二はイヤイヤと首を振った。

――こんなに美しい刺青を、切るなんてできない。

杜若の背に彫られた夜叉の刺青は、いまだ鉄二を魅了してやまない。

肌理の細かい肌に描かれた夜叉は、杜若の新たな覚悟の証(あかし)だ。「夜叉になる」と宣言して鉄二を丸ごと受け入れた、誓いの意味が込められている。

その夜叉の刺青に切りつけることは、二人を繋ぐ証を傷つけることを意味した。

「鉄……お前の好きに、して……いいんだ」

杜若は、優しい。

鉄二が何をしても許そうとする。

したいことを叶えられるよう、助けてくれる。

「もぉ……いい、からっ……もっと、突いてくだ……さぃっ」

もっと確かで、もっと激しい快感を欲して、鉄二は自ら腰を揺すった。

杜若とのセックスは心地いい。

少し高めの体温に触れて、凶器にも似たペニスに貫かれ、右頬の傷を舐められると、天にも昇るような快感を覚える。

「鉄……ッ」

杜若も決して悪そうではない。一度肌を重ねると、続けて二度三度求められるのが常だった。

互いの身体中を舐め合う、文字どおり貪るようなセックス。

「んあ……あ、イ……イクッ」

絶頂の予感に喘ぐと、尻朶に杜若の太い指が食い込んだ。直後、いっそう強く抜き挿しされて、鉄二は堪らず逞しい肩にしがみつく。

「イけ……っ、何度でも……イかせて、やるっ」

腹の中で杜若がぶわりと膨張したような錯覚を覚えた。

「あ、あ、もっ……い……一鬼さ……っ」

腰骨の奥から絶頂の波が押し寄せる。

目の前には、汗が滲む杜若の項があった。

――ああ、ここに刃を突き立てたら、どんなに気持ちがいいだろう。

眇めた目で汗が滴り落ちていく項を見つめる。

「んっ……は、あぁっ……あ、あっ――」

絶頂の瞬間、鉄二はジャックナイフの刃を掌で強く握った。

皮膚が破れ、肉を抉り、ぬるい血が溢れる感覚に絶頂が重なる。

「ッ……ん、くっ」

ほんの少し遅れて、杜若が小さく息を詰め、身体を痙攣させる。

腹の中に杜若の精液が放たれるのを感じながら、鉄二はやんわりと太い首に噛みついた。

絶頂の波がゆっくりと引いていく中、杜若がそろそろと背中や頭を撫でる。

「馬鹿野郎、なんで俺を切らねぇんだ」

そう言って、白く薄い身体に残る数多の傷痕に唇を寄せると、最後に掌の傷を舐めた。

情事の後、杜若はいつも鉄二を甘やかす。

くすぐったいような、もどかしいような生ぬるいひとときが、鉄二はひどく苦手でいつまで経っても慣れない。

杜若に抱かれ、目が眩むような快楽を与えられ、傷つけても構わないと甘く囁かれても、鉄二の胸に残るのは虚しさと不安だけだった。

その夜、鉄二は深夜にタクシーを駆って、東京都内のとある場所に借りたワンルームマンションに向かった。

祖父母の家を出た際、必要最低限の家財道具は木根商会のビルに移したが、愛用のノートパソコン数台と貴重品の一部はこの部屋に運び込んでいたのだ。

杜若は勿論、ほかの誰もこの部屋の存在を知らない。

「……一鬼さんっ」

狭いユニットバスの浴槽の中、冷たいシャワーを浴びながら、鉄二はメスで左腕の内側を切りつけた。

赤い筋が五センチほど走り、滲み出た血をシャワーの飛沫(しぶき)がすぐさま洗い流す。

「ふ、ふっ」

皮膚を裂く痛みと水が滲みる感覚に、鉄二は無意識に笑っていた。

そうして、繰り返し、白い肌を傷つけていく。

杜若とのセックスでは埋められずにいた心の隙間(すきま)を、ゆっくりと砂を詰めるようにして埋めていく。

左腕の上腕から手首にかけて、十数本の傷をつけたところで、鉄二(しご)はメスをバスタブの縁に置いた。そして、勃起して腹に反り返るペニスを右手で摑み扱き始める。

「……んっ」

目を閉じ、左腕の傷に吸いついて血を啜る。

脳裏に描くのは当然、杜若だ。

目にも鮮やかな桜吹雪舞う、大きな背中。その中心には、見る者を威圧する禍々しくも美しい、夜叉の姿が彫り込まれている。

三十代半ばにして衰えを知らぬ屈強な体軀は、しっとりとした小麦色の肌で覆われていて、手に吸いつくように瑞々しい。

「一鬼さ……んっ、あ……あぁっ」

杜若の肌を切り裂き、溢れた血を啜る妄想に耽りながら、己を慰める。

あの甘い血をもう一度啜りたい。

けれど、杜若の覚悟の表れであり、また鉄二を魅了してならない夜叉が彫り込まれた肌を、どうしても傷つけることができずにいた。

『お前の好きに、して……いいんだ』

はじめて身体を繋げた、あの夏の夜から、もう何度身体を重ねたか分からない。

杜若は宣言したとおり、鉄二の望むものをすべて与えようとしてくれる。

憧れ、独り占めしたいと願い続けた、太陽の笑顔。

木根商会組長補佐という居場所。

セックスの快楽と、その、肉体までも——。

しかし、鉄二の胸の奥に巣食った闇は一向に晴れない。

「あ、あっ……ん、あ、一鬼さんッ」

杜若に優しくされればされるほど、鉄二はその好意の向こうに疑念を抱いてしまう。

あの女みたいに、優しくして利用されているだけなのかもしれない……。

いつか杜若も、母のように平然と自分を捨てるのではないか。

疑念は鉄二の心の闇を広げるばかりだ。

「いっそ……本当に、殺してしまえたら……っ」

忙しく（せわ）ペニスを擦り上げながら、吐き出せない本音を漏らす。

降り注ぐ冷たい飛沫の中、己の血を嚥下しつつ、杜若の喉を裂く瞬間を思い描いた。

「ふっ……うぅ、う――っ」

手の中でペニスがビクビクと脈打ち、白濁を放つ。

「はっ……は、はっ……」

ゆるゆると残滓（ざんし）を絞り出しつつ、鉄二は赤い血と精液が排水口に吸い込まれていくのをぼんやり見下ろした。


木根商会の一員として迎えられ、同じ屋根の下に暮らし、求めれば求めるだけセックスを与えられても、鉄二の自傷行為は一向に収まらなかった。

セックスのたびに新しい傷を見つけては、杜若が烈火のごとく怒る。

「なあ、鉄。約束しただろう？　なんで、自分で自分を傷つけるんだ」

鉄二はそのたびに、薄く笑って答えた。

「気持ちがいいからに決まってるじゃないですか。メスやナイフの刃先で皮膚を切り裂き血が溢れる瞬間、痛みが脳を刺激して、セックスじゃ得られない快感が得られるんです」

決して嘘ではない。自傷行為で快楽を得るのはもはや性癖だ。

杜若がどんなに尽くしてくれても、この身に巣食う闇がどうしても拭えない。

杜若への疑念を誤魔化すために我が身を傷つけ、自慰に耽るだなど、杜若に打ち明けられるはずがなかった。

木根商会が地道に、しかし確実にその勢力を広げていく中、鉄二は以前よりも大きな不安に日々苛まれるようになっていた。


それは、夏の暑さが和らぎ始めた頃のことだった。

木根商会の事務所ビルは春の終わりから数カ月に及んだリフォームをようやく終えていた。外壁と内装、空調設備などを整えたビルは、構造自体はほぼ以前と同じで、一階には変わらずに不動産屋を構えている。

フローリングの床に真新しいビジネスデスク、最新のパソコンを数台並べた、およそヤクザの事務所らしくない二階の事務室。

鉄二は真鍋と二人、モニターを覗き込んでいた。

「真鍋さん、勇竜組のシマに出店させたパン屋とネイルサロン、予想以上に業績が伸びているので、駅の反対側にも二号店を出させようと思います」

勇竜組は木根商会とシマの境界を有する同じ田渡組系の組織だ。急速に力をつけてきた木根商会を警戒してか、年明け頃には木根商会直営の店などに嫌がらせを仕掛けてきていた。

しかし、駅前ビルを表向き手放し、直営の店を事務所一階の不動産屋のみとしたことで、騙（だま）されてくれたのか最近は直接的な嫌がらせは途絶えている。

「鉄二、そんな急がなくてもいいんじゃないのか？　あんまり派手にやって面倒なことになっちゃ困るんだろうが」

真鍋が手の甲まで包帯を巻いた鉄二をうんざりした様子で見やる。勇竜組と大っぴらに衝突することを恐れているようだった。

「いいえ、勇竜組がどうとかではなく、経営者として今を逃す手はないと言ってるんです」

モニターを見つめたまま、鉄二はキーボードを叩き続けた。

「それに、勇竜組と揉めたところで、上層部の方々には一鬼さんが上手く取り入ってくださってます。多少派手に動いたとしても、上からのお咎めはないと考えて大丈夫でしょう」

「え、マジで？　さすが頭だ」

真鍋が口笛を鳴らす。

この日のため、杜若がどれだけ地道な工作活動をしていたのか、鉄二以外に知る者はいない。

杜若は勇竜組幹部や構成員に近しい人間に近づき、彼らの人となりを事細かに調べ上げ、内情や弱みを摑んでいた。また、田渡組幹部や系列組織の組長にも取り入って、賄賂を受け取らせることにも成功している。

「一鬼さんの人柄の為せる業ですよ。僕には到底、真似できない」

今どきの経済ヤクザが台頭する昨今。昔気質の極道者が多い田渡組系組織の幹部連中は、義俠心溢れる杜若にある種の親しみを覚えたに違いない。

鉄二は杜若が築き上げた上層部との繫がりをより強いものにするため、金の力を利用するのを躊躇わなかった。

「可愛げがある上に、金まで寄越すとなれば、彼らも木根商会を邪険にはできないはずだ。

「僕はせいぜい、頭働かせて人の裏をかいて、騙すことしかできないんですから」

鉄二が自嘲的に呟くと、真鍋が「お前だって充分凄ぇじゃねぇか」と言った。

「頭と俺らだけじゃ、木根商会は解散してたかもしれねぇ。お前が金儲けの方法を考えてくれたから、頭だって自由に動けたってことじゃねぇのかよ」

思いがけない言葉に、鉄二は目を瞬かせた。

「真鍋さんも、随分とお利口なことが言えるようになったんですね」

胸の内で感心しつつ、振り返って揶揄ってやる。

「おい、鉄二。今、完全にオレのこと馬鹿にしただろ」

真鍋が目を吊り上げて鉄二にヘッドロックを仕掛けてくる。

「ちょっと、やめてください！　仕事ができないじゃないですか」

組長である杜若もそうだが、真鍋や窪に限らず木根商会の人間はスキンシップが激しい。

最初はなかなか慣れず、苦手意識から拒絶していた鉄二だが、近頃はうざいと思いつつ無意識に受け入れるようになっていた。

――兄弟という存在は、こういう感じなのかもしれない。

暴力団は基本的に擬製家族で構成されている。家庭という概念が欠如した鉄二にとって、木根商会は家族というものを実感できる場所となりつつあった。

他人に興味のなかった自分自身の変化に、戸惑いを覚えないわけではない。

しかし、鉄二はその変化をゆっくり受け止めようとしていた。

数日後、事態が急変した。

――なんだ？

夜が明けたばかりの早朝、階下でシャッターを激しく叩く音に、鉄二は目を覚ました。

急ぎワイシャツとスラックスを身に着け部屋を出ると、ちょうど上から下りてきた杜若と顔を合わせる。

「まさか、カチコミ……でしょうか？」

時代遅れの単語を投げかけると、杜若が首を振った。

「そりゃねぇだろ。……だが、用心するに越したこたぁねぇ」

ビル階段のシャッターを叩く音は、途切れがちに続いている。

鉄二は杜若の後に続いて階段を下りながら、手にしたジャックナイフを握り直した。

「……らっ、か……しらっ」

ガシャンガシャンと耳障りな音の合間に、かすかに人の声が聞こえ、二人で顔を見合わせる。

杜若が急いでシャッターを上げると、ずぶ濡れの男がその足下へ倒れ込んだ。半袖のパーカーにチノパン、スニーカーという男の服装に一瞬戸惑ったが、苦痛に歪む顔を覗き込みハッとなる。

「窪さん……っ！」

驚きつつ、シャッターの下から空を見上げる。

雲ひとつない青空に、鉄二は眉を顰めた。

「窪、どうした！」

足下に蹲る窪を支え起こし、杜若が問い質す。

窪の身体から下水溝を思わせる異臭が漂っていた。

鉄二は再びシャッターを下ろすと、杜若と一緒に窪の身体を支え、二階へ向かった。そして、応接用のソファにそっと横たえる。

「大丈夫か？　おい、何があった……っ」

窪の顔や身体のそこかしこに殴打の痕跡を認め、杜若が語気を荒らげた。

鉄二は濡れた服を脱がせながら、怪我の状態を確かめていく。派手な打撲痕は背中や下肢にも見られたが、刺し傷や骨折など命に関わるような怪我はないようだった。

「う、たつぐ……みの、連中が……っ」

鉄二が薬箱から湿布や包帯を取り出していると、少し落ち着いたのか窪がようやくまともに言葉を発した。

「勇竜組が……。やはりそうか」

窪の身体を拭っていた手を止め、杜若が溜息を吐く。

「今度……二号店を出す……下見にっ」

窪は昨夜こっそりと勇竜組のシマである駅前に、物件の下見に行ったのだ。

「何をやってるんですか！　表のシノギには直接関わらないよう、言ってあったはずです！」

木根商会との関係を知られないため、構成員全員に徹底させていた。

「わ……かって……る。だから……夜中、こっそり……見るだけの……つもりでっ」

今回の出店は複数の候補から、より勇竜組に圧力をかけられる物件を選ぶ必要があった。

今後の組の発展にも関わることだけに、最近まで不動産関連のシノギを任されていた窪はじっとしていられなかったのだろう。

「駅前には勇竜組の事務所だけじゃなく、雀荘(ジャンそう)や飲み屋も多い。お前はウチでも外に出回ることが昔から多かった分、アチラさんの中に顔を覚えてる奴がいたんだろう」

鉄二はバケツに突っ込んだ窪の服をちらりと見やった。カジュアルで今どきの若者らしい服を着ていたのは、窪なりに身元を隠すつもりだったのかもしれない。

「……確かに、いきなり後ろから殴られ……ました」

自分の浅はかさに項垂れる窪に、鉄二は真新しい下着を差し出す。

「自分でできますか」

腹も背中も痣だらけで、内臓が無事か心配になるほどだ。

「……ん」

窪が頷き、二人の手を借りながら下着を穿き替えた。

窪は背後から後頭部を殴られ、昏倒しそうになったところを、路地裏に引き摺り込まれたらしい。その後、複数の男に暴行を受け、すぐに意識を失った。

「気がついたら、どこか工場の裏みたいな場所で……」

あっと思う間もなく、目の前の排水路に突き落とされたと窪が語る。

異臭がしたのはそのためかと合点がいった。

「突き落とされる直前に気がついてよかったな」

窪は必死に息を止め、連中が立ち去るのを見届けると、排水路から這い上がり、数時間かけて組事務所に辿り着いたのだ。

「勇竜組の連中が馬鹿揃いで運がよかったです。あと、早いうちに失神したのも不幸中の幸いでした。意識がある限り、殴り続けたでしょうからね」

鉄二の言葉に杜若が無言で頷く。

衝撃的な事件ではあったが、窪が軽傷で済んだことに鉄二はホッとしていた。しかし顔には出さずにいるが、胸の中では激しい怒りの炎が燃え盛っている。

「これに懲りたら勝手な行動はもうするなよ」

杜若に言われて窪は何か言いたそうに唇を尖らせたが、切れた口の端が痛んだのかすぐに顔を顰めた。

その後、湿布や軟膏で応急処置をして「先生」に往診に来てもらうことにする。

近くには勇竜組の者が潜んでいる可能性があった。今、あたふたと病院へ駆け込むのは良策ではないと杜若が判断したのだ。

「一鬼さん」

窪に痛み止めと抗生剤を飲ませ、三階の和室に寝かせると、鉄二は杜若に切り出した。

窪の身体に残る醜い殴打の痕が鉄二を駆り立てる。

「もう少し時間をかけるつもりでしたが、例の件、すぐに進めてもいいですか？」

後片付けに事務所に戻る階段の途中、杜若が振り返る。階段の段差のお陰で、鉄二が見下ろす形になった。

「お前がやりたいようにしな。俺はそのために美味くもねぇ酒飲んで、爺さん連中の昔話に相槌打って、太鼓持ちやってきたんだ」

杜若が屈託のない笑みを浮かべ、鉄二の肩をポンと叩く。

「尻拭いを、一鬼さんにさせてしまうと思います」

何をしようとしているのか、杜若には勿論話してある。しかし、その手段は明かしていない。

それでも杜若は鉄二にすべてを預け、何かあった場合は落とし前をつけるつもりでいる。

「親が子の後始末できねぇでどうするよ。好きなようにやりゃいい。どうしても駄目となったら止める」

「ありがとうございます、一鬼さん」

ぺこりと頭を下げると、大きな手にグシャグシャと髪を掻き乱された。反射的に目を細める。

「礼を言われるようなことじゃねぇ。それより……」

軽く頭を叩き、杜若は再び階段を下りていく。

「自分で自分を傷つけない——って約束を、どうにかしてくれ」

杜若は己の身体を差し出し、鉄二に自傷を禁じた。

「……っ」

何も言えず、目を伏せる。

頬を切り裂き、血の中で交わした約束を、鉄二はもうずっと守れないままでいた。

約束を守れたら、どんなに楽だろうと思う。

健康的でなめらかな肌に覆われた猛々しい体軀。その背に彫られた妖しく美しい夜叉の刺青。

好きに刃を走らせ、肌を切り裂けたら、さぞ素晴らしい快感が得られるだろう。

想像するだけで喉が鳴り、下腹がジンとなる。

歓喜に震えたが、杜若を切ってもいいと言われても、どうしてもできない。

込み上げる欲求を抑え込めば抑え込むだけ、鉄二は己の肌に傷つけずにいられない。

そうして夜毎、己の身体を切り裂き、やり場のない欲望を血と精液とともに排水口に流す。

鉄二は立ち尽くしたまま、杜若が二階の事務所に消えるのを見送った。


「さて、どうしてこういう状況になったか、分かります?」

鉄二は小さなバスタブに並んで蹲る二人の男に、ジャックナイフの刃を見せつけるようにして問いかけた。

「そんなこと、知るわけねぇだろっ! だいたい、テメェは何者なんだよ、クソガキがっ!」

「今になって冗談ですとか言ったって、タダじゃすまねぇぞ!」

下着姿で後ろ手に縛り上げられてなお、悪態を吐いて強がる男二人を、鉄二は冷めた眼差しで見下ろす。

窪が勇竜組に暴行を受けた日から、十日も経っていない。

都内某所に借りたワンルームマンションのバスルーム。

鉄二はこの部屋を借りる際、リノベーションして防音・遮音工事を行い、また両隣の部屋も同時に契約した。

「弱い犬ほどよく吼(ほ)えるとは言いますけど、どうやら本当のことみたいですね」

銀色に光る刃を指先でなぞり、鉄二は深い溜息を吐く。

「騙されたというのに、それすら気づかないでギャンギャン吼えるなんて、あなた方は犬以下ということですか」

鉄二は本気で呆れていた。

男たちは勇竜組の若衆頭と、窪を襲った連中の中心人物だ。

こんな連中に窪が酷い目に遭わされたのかと思うと、情けなく、また無性に腹が立って仕方がなかった。

「ど、どういうことだっ！」

鉄二の言葉に動揺を隠しきれず、若衆頭——確か小畑(おばた)とかいう男が目を剝く。

「女の子の膝で気持ちよくおネンネしてたのに、気がつけば裸で縛り上げられていたなんて、勇竜組若衆頭ともあろう男が……なんてみっともない」

侮蔑(ぶべつ)的な一瞥(いちべつ)を与え、鉄二は緩慢な動きで男二人の眼前にナイフを躍らせた。

「——ッ？」

目の前をナイフが一閃するのに男たちが咄嗟に目を閉じる。

直後、二人は同時に悲鳴をあげた。

「ぎゃ……っ」

二人の鼻先にそれぞれ一センチほどの傷が走り、赤い血が溢れ出す。

「なっ……何しやがるっ。クソ、痛ぇ……っ」

身を捩り、腕を解こうともがく二人に、鉄二は無言で再び刃を向けた。

「ぎゃあ――ッ」

「ぐぁ……っ」

聞くに堪えない絶叫がバスルームに響く。

苦痛に啼き咽び、のたうつ二人の足下に、二つの耳が転がっていた。

「この程度でギャーギャー泣き喚くとは、勇竜組も大したことはないようですね」

小畑の左耳、もうひとりの男の右耳を一瞬で切り落とし、鉄二はナイフについた血糊を真っ白なハンカチで拭った。

顔面を蒼白にした男たちがバスタブの中で暴れ出す。耳を押さえたいのだろうが、縛り上げられていてどうにもできず、ただバタバタとのたうつばかりだ。

「き、貴様っ……!」

それでも、さすが若衆頭と言うべきか、小畑が顔を血塗れにしつつも鉄二をキッと睨み上げた。

「ああ、申し遅れました」

鉄二は血を拭ったナイフの刃をべろりと舐め上げ、目を細めて笑う。

「僕は木根商会の鶴巻といいます」

そうして軽く会釈してみせると、息つく暇も与えずにナイフを二人の顔めがけて振り下ろした。

「ひぎゃっ……ぁぁあああああっ！」

「ぐあぁ……えっ、あっ……あう、あ……っ」

小畑の鼻を下から削ぎ上げ、もうひとりの残った耳を切り落とす。

鉄二は噴き出す血飛沫を浴びながら恍惚の笑みを浮かべた。

「本当ならもっと時間をかけて、なるべく穏便に勇竜組を潰してさしあげる予定だったんです。ですが、そちらがつまらない悪戯を仕掛けていらっしゃったので……」

窪を暴行したことへの報復を示唆するが、もう二人には聞こえていないらしい。

「それにしても、臭い血だな」

鉄二は頬を濡らす血を左手で拭い取ると、クンと鼻を鳴らした。

男たちの悲鳴はまだ続いている。この程度で死に至るわけがないのに、恥も外聞もなく叫び、助けを求める姿はみっともないというより滑稽だ。

「まあ、どっちにしろ、殺してあげますけどね」

鉄二はぼそりと呟くと、赤く染まった手でバルブを全開にした。

一気に噴き出した水が二人の男の足を濡らす。

「やっ……やめろっ！　助け……あ、いやだっ……」

「心配しなくても、意識を失わない限り、首から上が水に浸かる心配はありません」

バスタブの中に赤い水が溜まっていく様を見届けると、鉄二は真っ赤に染まったスーツ一式を脱ぎ捨て、バスルームを後にした。

特注したドアを閉じると、男たちの絶叫も水音も聞こえなくなる。

――ああ、返り血を浴びたのは、失敗だったな。

身を清めるにもバスルームは使えない。隣の部屋に行くにしても、何かしら服を着なければ、誰かに見られてしまう可能性があった。

思案した後、鉄二はキッチンでタオルを濡らし、全身を拭うことにする。

ペタペタと下着姿でキッチンに向かうと、いきなり玄関のドアが乱暴に開け放たれる音が聞こえた。

「――ッ！」

逃げ隠れはしない。

なぜだか分からないが、鉄二には予感があった。

果たして……。

「鉄」

キッチンと廊下を仕切るドアが開き、血相を変えた杜若が姿を見せた。そして、真鍋と数人の若い衆が後に続く。

「よくここが分かりましたね」

血を浴び、下着だけの姿で微笑む鉄二は、誰の目にも異様に映るだろう。

真鍋や若い衆がぎょっとして息を呑む。

杜若だけが苦虫を噛み潰したように、鉄二を睨みつけていた。

余計な邪魔が入ったとは、思わない。

予期せぬ杜若の侵入によって、勇竜組の二人はすぐに病院に運ばれた。搬送先は田渡組馴染みの総合病院だ。その後、二人がどうなったか鉄二は知ろうとも思わなかった。

鉄二の凶行は杜若が懇意にしていた田渡組幹部の口利きでお咎めなしとなり、勇竜組は当初の目論見どおり組長以下数人が破門され、残った者はそのまま木根商会に吸収されることになった。罪のない構成員たちを杜若が引き取りたいと申し出たのだ。

「どうしてあんなことをした」

騒動が一段落ついた頃、鉄二は杜若の私室に呼ばれた。

季節は知らぬ間に移ろい、空が次第に高くなり、蟬の声も聞こえなくなっていた。

「どうして？　僕の好きなようにしていいと言ったのは、一鬼さんでしょう？」

杜若が怒るのはもっともだと理解している。

しかし、鉄二は謝罪するつもりもなければ、悔い改める気もなかった。

「だが、あそこまでする必要はなかっただろう？」

杜若が頭を抱え、口にした煙草のフィルターを噛み潰す。

当初、鉄二は勇竜会を解散に追い込むため、シマへの進出のほかに幹部を失脚させる策を実行していた。

杜若が誑かしたホステスのひとりが、勇竜組若頭の情婦だったのを利用したのだ。

といっても情婦だと思っていたのは若頭だけで、女の方は面倒臭いが金払いのいい常連客としか思っていなかったようだ。

『なんか子分に借金させて、ボトル入れてるみたいなんだけど、ドン引きですよねぇ』

さすがに組の金に手をつけるわけにはいかなかったのだろう。若頭は女に貢いで気を引くために、自分の舎弟に借金させていたのだ。

そしてその舎弟こそが、勇竜組若衆頭の小畑だった。

杜若から知らされた鉄二は、組とはまったく関係のないチンピラを金で雇い、小畑に闇金業者を紹介させた。その闇金は表向き暴力団とは関係のない業者だが、資金を出しているのは木根商会だ。

そこで小畑を「返済はいつでも大丈夫です。金利も特別に低くしておきます」と唆し、多額の借金を負わせた。

「どうひっくり返っても返済できない額までできたところで、田渡組系以外の組が経営する業者に債務譲渡するって話だっただろう」

沈黙を続ける鉄二に、杜若は苛立ちをあらわにした。ほとんど吸っていない煙草をバラバラになるまで灰皿に押しつける。

勇竜組本部に取り立て屋が乗り込んだところで、木根商会が借金を肩代わりして恩を着せ、勇竜組を吸収する――。

鉄二が伝えていた物語とは随分とかけ離れた結末に、杜若は納得がいかない様子だった。

「ですが、すべて上手くいったじゃないですか」

悪びれることなく笑みをたたえる鉄二に、杜若が愕然（がくぜん）として目を見開く。

「傘下の勇竜組の若頭が、若衆頭に他系列の組織が営む闇金から金を借りさせていたなんて知れ渡ったら、田渡組の面目は丸潰れじゃありませんか。無理に丸ごとウチに取り込むよりも、面倒な幹部連中を上層部が処分してくれて助かったでしょう？」

数日内に闇金業者が勇竜組に取り立てに向かうと連絡を受けた鉄二は、その前に例のホステスに金を握らせ、小畑と若い衆を眠らせてワンルームマンションに運ばせた。

「だが、アレはやりすぎだ」

「何が悪いのか、僕には分かりません。上層部のかわりに小畑に制裁を与え、窪さんの仇(かたき)をとっただけです」

「鉄、そうじゃな……」

「それに、ねえ。一鬼さん」

杜若を遮り、鉄二はうっとりと目を細めた。

「僕はやっぱり、あなたの美しい身体を切り刻むことなんて、できないんです」

何を言い出したのだろうかと、杜若が訝しむ。

鉄二は構わず話し続けた。

「それに、もし欲望と本能のまま切りつけたら、僕はきっと理性を手放し、あなたを殺してしまうに違いない」

鉄二は脳裏に、美しくも禍々しい夜叉の刺青を思い浮かべた。

「僕は、それが怖い」

杜若の身体を思いきり切り刻みたい。

けれど、できない――。

行き場をなくし、鬱積(うっせき)した欲望が、身体を震わせる。

「一鬼さんが怒るから、外で獲物を探すこともできない。かといって僕自身を傷つけることもあなたは許してくれない」

自分の傷だらけの掌を見つめ、鉄二は「ふふ……」と笑った。

バスルームで耳を削ぎ、鼻を落とし、噴き出す鮮血を浴びた情景が甦る。

興奮に下腹が疼き、わずかに息が上がる。

「ですが、ゴミ屑を切り刻むなら、何も問題はないですよね？」

鉄二は杜若の喉仏が大きく上下するのを認めた。否定できない事実を突きつけられると、杜若は必ずと言っていいほど唾液を嚥下する。

「それに、人の口に戸は立てられないというだけあって、すでに田渡組傘下の一部では僕のことが評判になっているそうじゃないですか」

杜若が鉄二を庇うため、騒動の仔細を誤魔化そうとしたことは無駄に終わっていた。

「鉄……」

杜若が何か言おうとするが、言葉が出てこないのかすぐに口を噤んだ。

「金の力は絶大です。ですが、絶対ではありません。今後、木根商会がより大きな成長を遂げるには、金と、絶対的な恐怖主義をもって人の心を制することが、必要だとは思いませんか？」

一年ほど前、杜若の腰の上で自らの顔をメスで切り裂いたときのことを思い出す。

あれから、真鍋や窪、そして木根商会の誰もが、鉄二を見る目を一変させた。

顔に残った大きな傷痕は、見る者の畏怖(いふ)を呼び起こす。

傷や血、痛みは、多くの人間にとって恐怖の対象で、できれば縁がないことを祈っている。それを突きつけてやれば、金で動かない人の心も容易く動くだろう。

たとえ相手が、ヤクザであっても——。

「ねえ、一鬼さん。あなたが許してくれるなら、僕は二度と、自分で自分を傷つけたりはしません。だってこのままだと、僕はきっと限界を超えて、自分を殺してしまう」

鉄二はゆっくりと膝を進めると、座卓の上の拳にそっと触れた。

「……鉄っ」

虹彩(こうさい)が苦渋に揺れる。

それを鉄二は、とても美しいと思った。

「尻拭いしてくれるんですよね？」

杜若が唇を噛みしめ、目を背ける。

「今度こそ、約束します。だから僕を許してください」

鉄二はさらに身を寄せると、杜若の耳朶(じだ)に口づけた。

「僕はどうしたって、人を切ることがやめられない。人の道理から外れていることも自覚しています」

耳許に囁いていると、杜若がゆっくりと顔を上げた。

視線が絡み、奥まった双眸が迷いに揺れる。

杜若の手を取り、右頬の傷痕に触れさせると、鉄二は猫撫で声で強請（ねだ）った。

「僕に大義名分をください」


塵（ちり）も積もれば山となる――。

公の目を欺き、一般企業または個人事業として得た収益を資金源に、木根商会はゆっくりと、しかし確実に規模を大きくしていった。

暴対法や条例の影響で資金繰りに困窮する弱小組織をターゲットに、金の力で吸収合併を迫り、邪魔者は容赦なく切り捨て、裏切り者には徹底的に報復と制裁を与えた。

その一方で、鉄二は密（ひそ）かに個人資金を蓄え続けた。

まだ祖父母の家で暮らしていた頃、興味本位で始めたデイトレードは、鉄二に莫大（ばくだい）な資産をもたらしていた。木根商会の立て直しに必要となった経費は、父からの養育費と鉄二がデイトレードで得た金で賄ったのだ。

以来、鉄二はデイトレードを中心にいくつかの事業を秘密裏に展開し、私財を蓄え続け、海外のプライベートバンクに管理と運用を任せている。

何かあったときには組から金を出さずとも、今や無尽蔵ともいえる個人の金でほとんどのことは始末がつけられるほどになっていた。

——結局は、金だ。そして、恐怖で人の心を縛ればいい。

『大義名分を……』

甘く囁いた鉄二に、杜若は無言で頷き、激しく抱いてくれた。

まるで罪を罰するような激しく醜いセックスに、鉄二は翻弄され、咽び泣き、歓喜した。

誰憚ることなく他人の肌を切り刻み、血が溢れ出す様を存分に堪能し、味わう快感をようやく手に入れることができた。

金と血にまみれた己を、決して醜いとは思わない。

何よりも欲しいと願った杜若一鬼という男の傍で、思うままに生きている。

それの何が悪いというのだろう。

以後、鉄二は己を傷つけることがほぼなくなった。


関東の外れの小さな組織でしかなかった木根商会は、やがて闘神会田渡組系組織の中でも一大勢力となっていった。

多額の上納金と杜若が築き上げた古参幹部との繋がりのお陰で、末席ではあるが幹部会にも名を連ね、今や飛ぶ鳥を落とす勢いだ。

同時に、木根商会の鶴巻鉄二という男の名も、田渡組だけでなく関東の暴力団の中で知らない者はいないほど、その残虐性とともに知られるようになった。

どれだけ勢力を増しても、木根商会事務所は以前と変わらず、エレベーターもない五階建てのビルのままだった。杜若が地元にこだわっていることが一番の理由だが、これといって移転や拡大する必要がないのが実情だ。

ほとんどのシノギは相変わらず一般人で運営するフロント企業から得ており、事務所と小さな不動産屋を切り盛りする人員は、以前からいる者だけで充分だった。

人手がいるとき、鉄二は金で自由になる人間を雇う。もしくは、吸収合併した組織の人間を使った。

何か問題が起こっても、ゴミ屑として処分すればいいからだ。

そしてゴミを処分するとき、鉄二は必ず、木根商会に対して不穏な動きを見せる人間を同席させた。

外部の人間だけでなく、新たに傘下に加えた組織の者の目の前でナイフを振るい、恐怖を植えつけることで、木根商会や鉄二に対する反抗心を削ぎ落とす。

やがて金を操る力と恐怖を盾に、鉄二は木根商会で絶対的存在となっていった。

組長である杜若より影響力を持つようになった鉄二を、疎ましく思う者も少なくない。

しかし鉄二は意に介さない。
杜若を得て、傍にいられる。
欲望のままに生きている。
……たとえ心の片隅にぽっかりと穴が空いていても、立ち止まることはできない。
鉄二は、二十四歳になっていた。

【七】

馬鹿らしく思えるくらい、金が溢れる。蟻（あり）みたいにセカセカと働く一般人を見ると哀れで仕方がない。

「これまでのご恩を思ってお貸しした金を、キャバ嬢に全額貢いだそうですね」

東京の郊外に私費で建てた、とある施設の地下室。

「ち、ちがっ……！　鶴巻っ、聞いてくれ……ちゃんと金は返す……だから」

つい先日まで木根商会を下に見ていた幹部クラスの狸（たぬき）ジジィが、鉄二のナイフの前に平身低頭し、涙ながらに命乞（いのちご）いする。全裸に剝かれた白く弛（ゆる）んだ身体には、アチコチに無数の赤いラインが刻まれていた。

「返さなくても結構です。その身をもって贖（あがな）っていただきますから」

男が息を呑む間も与えず、特別に作らせたナイフでメタボ腹を切り裂いた。

「ひっ……ひあっ、やめっ……助けっ……」

反響する断末魔の声に恍惚として、脂肪をたたえた腹から粘った血が溢れる様を見下ろす。

人の肌を裂く感触と、恐怖に戦き絶望する姿を目の当たりにするとき、鉄二は胸の奥にぽっかり空いた穴が小さくなる気がした。

「生きている価値のない豚でも、死の瞬間だけは、多少、私を愉しませてくれるものです」

背後で、真鍋が息を潜める。

「後始末はいつもの連中に任せています。さあ、帰りましょうか、真鍋さん」

美しい青年へと成長した鉄二は、右頬の傷を引き攣らせて微笑んだ。

己のことを『私』と言うようになったのは、二十歳を過ぎた頃。周囲にガキと舐められたくなかったからだ。

木根商会で鉄二に意見できる人間は、最早、杜若だけとなっていた。


「あぁっ……！　もっと、もっと……突いて――ッ」

ナイフを振るって血を浴びた日、昂る心と身体を持て余し、鉄二は必ず杜若を求める。

「……鉄っ」

求められるまま、杜若は元来の凶暴性をあらわにして、鉄二を喰らい尽くさんばかりに犯してくれた。身体を重ねるうち、容赦なく抱き犯すことがより鉄二を喜ばせると知ったのだろう。

太く逞しいペニスで深々と貫かれ、淫らに感じる部位を突き上げられると、えも言われぬ快感が生まれる。

人を切り裂くときに得る歓喜とは別の、どこか甘ったるい快楽。

気持ちがよくて堪らないのに、どういうわけか虚しさを覚えるのだった。

杜若に抱かれ、その身が腕の中に確かにあると実感しても、傷だらけの身体に巣食う闇は拭えない。

「首っ……絞めて――」

上気して汗ばんだ背に浮かぶ夜叉を掻き抱き、鉄二は叫んだ。

一瞬、杜若の表情が歪む。漆黒の双眸を細め、怒っているような、悲しんでいるような、曖昧な表情を浮かべた。

「い、たく、して……もっと、もっと確かな……っ」

骨ばった腰を支えていた大きな手が、そろりと首に伸びる。

そうして腰を小さく揺すりながら、杜若がゆっくりと鉄二の白い首を絞めていく。

「……ひっ」

仰け反って上向いた唇に、杜若の唇が触れた。

視界が、霞んでいく。

確かな、痛みが欲しい。

痛みを、与えたい。

互いに傷つけ合い、血を啜り合うような——。

そんなセックスを、鉄二は密かに夢想するようになっていた。

「これ、しばらく消えそうにないですね」

首に残る赤い手形を手鏡に映し、満更でもなく微笑む。

「なあ、鉄」

箍が外れたかのように思うまま組を牽引する鉄二を、杜若は以前にも増して心配しているようだった。心労のためか表情を曇らせていることが増え、あの太陽のような笑顔を見る機会がすっかり減っていた。

「田渡組幹部の数人から、釘を刺された」

人心を収攬することに長けた杜若は、鉄二が力任せに押し進めるシノギの裏で、他組織の懐柔と、連携を強めるために駆け回っている。文字どおり、尻拭いの日々だ。

「田渡の親爺の耳には入っていないそうだが、今後、幹部クラスには手を出すな……とのお達しだ」

鉄二は布団の上で胡座をかく杜若を鏡越しに見やった。

「少し調子にのりすぎたみたいですね。でも……まあ、そろそろ一度落ち着いて、今後の方針を見直すべき時期かと思っていたところだったので」

　木根商会組長補佐・鶴巻鉄二の醜聞は、今やすっかり広まっている。お陰で面倒な策略を巡らさずとも、仕事を進めやすくなっていた。

「一鬼さんの株も随分と上がっていますしね」

　鉄二は手鏡を放り出すと、布団へ這っていった。そして、性器を剝き出したままの杜若の腿にしなだれかかる。萎えていても、杜若のそれは人並み以上のサイズを誇示していた。

「『あの鶴巻を飼い馴らす男』だなんて、私も鼻が高いです」

　杜若がいつものように鉄二の髪を撫で梳き、大きな裂傷の痕が残る右頰を包み込む。

「なあ、鉄。お前……幸せか？　今の暮らしに満足してるのか？」

「……は？　なんです、急に」

　突如、投げかけられた問いかけに、鉄二は怪訝な目を向けた。

「俺を切れと言っても、受け入れなかった。そのせいで、お前は――」

「一鬼さんらしくもない。何を言っているんですか」

　苦しげに眉間に縦皺を寄せる杜若の顔を見上げ、鉄二は挑発的に唇を上げる。

「僕は……私はいつだって、あなたを切り刻みたい衝動を抑え込んでいるんです。私にとって一鬼さんは、この世で唯一の存在ですからね」

　ふだん、口にしない本音を漏らしたことで、あっさりと箍が外れた。

鉄二は勢いよく起き上がると、杜若の顔を両手で包み込み、視線を絡ませた。

「あなたの肌を切り裂き、流れ出す血が見たい。甘いその血を啜りたい。肉を裂いて喰らいたい」

唇がスルスルと、胸の奥に押し込んであった想いを紡ぎ出す。

「咀嚼して、呑み込んで、あなたのすべてをこの身の内に取り込んでしまえたら、どんなに気持ちがいいでしょうね……」

想いを吐露しながらその様子を想像する。それだけで、萎えたペニスが芯をもつ。

「お前がそうしたいなら、すればいいって言ってるだろう」

まっすぐに鉄二を見据え、杜若がこともなげに応える。吸い込まれそうな瞳には、揺らぐことのない覚悟が見てとれた。

杜若が本心からそう思っているのが、痛いくらい伝わってくる。

けれど、鉄二にはなぜそこまでしてくれるのかが分からない。

「どうしてそこまで、何もかも許してくれるんですか？」

出会った頃からずっと抱え続けていた疑問を、改めて一鬼に突きつける。

今や木根商会の構成員からも狂人だの悪魔だの噂され、嫌悪される鉄二を、杜若はいったいなぜここまで受け入れ、許そうとするのだろう。

「お前、本当に分からないのか？」

杜若の瞳にかすかな怒りの色が浮かんだ。

「分からないから、訊いているんです」

悪気などなく、純粋な気持ちで答える。

するといきなり、杜若が乱暴に腰を抱き寄せた。

「え……っ」

桜吹雪舞う、厚い胸に抱きしめられ、息が詰まる。

「……陳腐な台詞になっちまうが」

トクン、と胸の鼓動が鉄二の鼓膜を震わせた。

「俺はお前に惚れてる。愛してるんだよ」

低く力強い声は、しかしどこか切なく震えていた。

「愛？」

トクトクと速まる鼓動からそっと耳を遠ざけ、虚しく笑う。

鉄二はゆっくりと顔を上げると、脳裏に刻み込まれた眩しい笑顔を真似て笑った。

「その言葉だけで何もかもを信じられるような……そんな甘い生き方をしてこなかったと、あなたが誰よりも知っているはずです」

にこりと笑ってみせるが、鉄二はどうしようもなく泣きたかった。

「俺が、信じられない？」

杜若が訝るのに、小さく首を振る。

「いいえ、とんでもない。信じています。私が……僕が信じているのは、一鬼さんだけだ。けれど、同じくらい……信じられない」

自分でもどうすることもできない、歪な心。

愛が、分からない。

幸せが、分からない。

どうすれば、満たされるのかも分からない。

「だからお前は、自分を責めて……傷つけてきたのか？」

ゆっくり言葉を選びながら、杜若が鉄二の肩を包む。

「さあ……」

答えのない問いが余計に、鉄二の荒んだ神経を痛めつけるとも知らず――。

「もう何が原因だったのかすら、忘れてしまいました。今はただ、人の肌を切り裂くことが、何よりも気持ちよくて仕方がないんです」

杜若はもう何も言わない。何を言ったところで、鉄二の心の闇を払い除けることはできないと、悟ったのかもしれない。

「もし……僕が本当に人の心を失って、あなたを殺す日が来たとしたら……」

鉄二は再び、杜若の胸に頰を寄せた。

いっそこのまま時が止まって、二人一緒に死んでしまえたらいいのに——。

「そのときあなた、どんな顔するんでしょうね？」

「っ……」

すぐ傍で、喉が鳴るのを聞いた。

杜若の表情は見えない。

ただ、大きな手が幼子をあやすように、鉄二の肩や髪を優しく撫でる。

「俺は、ただお前を甘やかしてやりてぇんだ」

心地よい低音が耳をくすぐる。

「どろどろに、蕩（とろ）かして、腹いっぱいでもう食えないってくらい……」

静かに降り積もる雪のごとく、儚（はかな）くやわらかな言葉を聞きながら、鉄二はゆっくりと睡魔に引き寄せられていった。

「お前を満たしてやりたいだけなんだ、鉄」


窓の外を粉雪がチラチラと舞っていた。

「永倉（ながくら）一家の会長から、俺を……田渡組若頭に推す話が出てる」

年末の挨拶（あいさつ）に田渡組組長の邸宅を訪ねた帰路、窪の運転する車の後部席でおもむろに杜若が切り出した。

「ちょっと、待ってください」

鉄二は寝耳に水と驚きつつ言い返す。

「なぜ今になって、そんな話を？　先に知っていれば、田渡の親爺さんに手土産……」

「まだ一度、話題に上がっただけだ」

腕組みして目を閉じたままの杜若に一喝されて、鉄二は小さく舌を打った。

逸る気持ちをグッと抑え込み、胸に忍ばせた小型のナイフに手を添える。

関東闘神会は日本でも一、二を争う暴力団組織だ。田渡組は今、その闘神会をまとめる組織として君臨している。

その田渡組の若頭に、古参団体の幹部を押し退け、杜若が推される日が来るとは……。

出会った頃の木根商会の状況を思うと、鉄二はにわかには信じられなかった。

それはハンドルを握る窪も同じようだ。ルームミラーに映る表情が期待に満ち満ちている。

「何せウチはもともと、田渡の親爺とは直接の面識も薄い弱小の三次団体……。ここ数年でよその組の数倍の上納金を納めて、今日みたいに直接親爺と会えるようになったが、まだまだ全幅の信頼を得られる立場じゃねぇ」

永倉一家は田渡組の古参幹部で、その派閥に属する組織も多かった。木根商会の先代とも面識があったことから、杜若のことも贔屓にしてくれている。

田渡組には長い間、若頭がいない。

組長の田渡に実子がいないことと、世襲を嫌っていることが理由と考えられていた。また、その地位を巡っての抗争を避ける意味もあるに違いない。

しかし田渡は以前から、田渡組は勿論のこと、次に闘神会を統べる者は、時代に見合った実力者であるべきという持論を、近い人間に漏らしている。

「まずは親爺が若頭を置く気にならねぇと、どうしようもねぇ」

田渡自身まだ五十六歳の男盛りで、田渡組も盤石の安泰ぶりだ。よほどの人物が現れない限り、若頭を置く気にはならないだろう。

「ですが、もし田渡組の若頭を襲名できれば、三代目となる資格があると認められたことになります」

一足飛びに闘神会会長の座まで手に入れようなどとは、鉄二とて考えていない。

しかし、杜若が若頭の座につけば、それだけで関東のほぼ全域を手中に収めたと同じだ。

鉄二が同意を求めるように見つめると、杜若がゆっくりと頷く。

「だが、そのためには……松代組をどうにかしないとな」

「確か、田渡の親爺とは随分若い頃からの知り合いだと聞きました」

松代組は田渡組幹部の中でも最古参の組織で『田渡の金庫番』の名で通っている。組長の松代は武闘派として名を馳せ、現在もその影響力は大きい。古くは総会屋に地上げ、薬物の売買も行っていたというが、現在は土木建築業や不動産業、そして貸金業でシノギを得ている。

「松代の爺さんが親爺より若けりゃ、おそらく若頭の座は埋まってたはずだ」

田渡の松代に寄せる信頼は絶大だ。

そして、木根商会が懇意にする永倉一家と松代組は、田渡組傘下にありながら以前から小競り合いを繰り返す関係にあった。

「永倉一家やほかの幹部連中は俺を若頭に推して、松代組を蹴落とすつもりなんだろう」

「連中、一鬼さんのことを傀儡として都合よく操るつもりでいるのかもしれませんよ」

鉄二は思わず小さく噴き出した。

「ふふっ、身の程を弁えない老害どもが……っ」

可笑しくて仕方がない。クツクツと肩を揺らしていると、杜若に肘で脇腹を突かれ窘められる。

「鉄、これからはお前も爺さんたちと顔を合わせる機会が増える。それでなくともお前はいろんな意味で、有名になっちまってるんだ。言動には気をつけろ」

「分かっていますよ。……それより、永倉一家や金魚のフン連中のことは、一鬼さんにお任せしますので、私は松代組について調べてみることにします」

胸の奥が高揚して熱くなるのを感じる。

気づけば粉雪がいつの間にか大きなぼたん雪に変わっていた。


年が明け、二月になった頃。

いよいよ永倉一家を中心とする派閥は、杜若を田渡組若頭に推薦する方針を固めた。

とはいえまだ秘密裏に事を運んでいる状況だ。

——思った以上に、邪魔だなぁ。

鉄二は木根商会事務所ビルの自室で、新しく誂えたナイフを眺めながら溜息を吐く。

機能性と装飾美を兼ね備えたナイフを求め、鉄二は国内外の職人やメーカーに発注するようになった。人の肌を切り裂くだけならメスがもっとも効率的だが、面白みに欠けるのだ。

田渡組が闘神会のトップにのし上がれたのは、松代組の金と力にものを言わせたバックアップがあったからこそだ。過去の資料を漁り、田渡と松代の関係を調べれば調べるほど、その絆の強さを思い知らされる。

「鉄、いいか？」

襖の向こうから声をかけられ、鉄二は「どうぞ」と応えた。

トレンチコートを着た杜若が入ってくるなり「寒い、寒い」と繰り返し、座椅子に腰かけた鉄二を後ろから抱き竦める。この日、杜若は一日中出かけていた。

「危ないじゃないですか、一鬼さん。ナイフ持ってるんですから」

以前から何かとスキンシップの多い杜若だったが、近頃はとくに接触が増えているような気がする。

「うー、この冬は雪が多いなぁ。お前、寒くないのか？」

「まあ、とくに問題ありませんね」

鉄二は暑さや寒さに疎いところがあった。冬でも薄着でコートはほとんど着用しない。エアコンを使うこともまれで、今もワイシャツとスラックスという格好だ。

「風邪ひくなよ。大事なときだ」

杜若にしがみつかれたまま、ちらりと目を向ける。

「それで、お年寄りの説得は終わったんですか？」

永倉一家とその派閥に属する幹部連中は、一日も早く杜若に田渡組若頭を襲名させたいらしい。

「なんとかかな。時期尚早だと言って宥め賺してきたが、またすぐごねるだろうな」

「老い先短い方ばかりですからね。死ぬまでに我が世の春を謳歌したいのでしょう」

鉄二とて一日も早く杜若の晴れ姿を見てみたい。

しかし、急いては事を仕損じる。

せっかくここまでにした木根商会を、時代遅れで身勝手な古参幹部のために躓かせるわけにはいかない。

「一鬼さんには心労が絶えないと思いますが、永倉一家の方々が先走らないよう、もう少し抑えていてもらえますか」

杜若の腕を解くと、鉄二はナイフを皮のケースにしまった。そして、簡易キッチンに向かいコーヒーを淹れる。

「今は目の上のたんこぶでも、そのうち徐々に小さくなって目立たなくなる。松代の爺さんももう年ですし、何より跡継ぎらしい人間もいない。放っておいても自滅するのは目に見えています」

かつての武闘派も暴対法など取り締まりが厳しくなった昨今、何かとシノギに苦戦しているようだった。

「なんだかんだ言ったところで、親爺が松代組を優遇しているのは確かです。どうせなら変な圧力をかけて敵対するよりも、取り入ってしまった方が後々楽じゃないですか？」

木根商会が勢力を伸ばすため、ときには強引な手段もとってきたが、今後のことを考えると対内的な策略をもって動くべき時期が来ている。

「昨年末から地道に松代組寄りの組織に対して、切り崩し工作を続けていますが、なかなか頑固な組織が一定数あるのも確かです。そういった輩を取り込むのに松代組は利用のし甲斐がある」

「松代組を、利用……？」

ドリップしたコーヒーをマグカップに注ぎ、鉄二は杜若に差し出した。

「聞いた話では近頃資金繰りに困っているようですし、田渡の親爺からの口利きということで金をチラつかせて近寄ってみるのもいいと思いませんか？」

ニヤリと妖しい笑みをたたえ、首を傾げる。

「相変わらず、小狡い男だな」

「それもこれも、結局は私自身のためですから。我儘なんですよ」

感心する杜若に、自虐の笑みを向けた。

「馬鹿言うな」

杜若が目を細め、鉄二の髪をグシャグシャと掻き乱す。

だが実際、組のため、杜若のためと言いながら、すべて自分のためにしていることだという自覚があった。

杜若の傍にいるためには、木根商会にとって有益な存在でなくてはならない。もうずっと長い間、そういった想いが鉄二を突き動かしてきたのだ。

幹部組織として名を末席に連ね、今や木根商会は田渡組でもかなりの影響力を持つ組織となった。杜若の田渡への覚えもめでたく、若頭に推そうという幹部が出てくるのも頷ける。

　しかし、組がどんなに大きくなっても、大義名分を得、箍が外れた鉄二の凶悪な嗜好はとどまることを知らない。

　心の奥に空いた穴は、決して塞がれることがなかった。

「お前……」

　ふと、杜若が鉄二の右手をとった。

「あ」

　ほんの一瞬、動揺が顔に出る。

　鉄二の手指の爪の間に、赤黒く血が固まってこびりついていた。

「また、誰か、切ったのか？」

　白く細い手首をきつく摑んで訊ねられ、鉄二は笑うよりほかにどうすればいいか分からない。

「分を弁えず、人のものに手を出したので」

　詳しくは訊く必要がなかったので、相手の年齢ぐらいしか知らない。鉄二は二年ほど前から、金で雇った学生にデイトレードを手伝わせていた。呑み込みがよく、生真面目で口が堅く、余計な詮索をしないところを気に入っていた。だが先日、数億の金を横領していたことが発覚したのだ。

「……鉄、まさか」

「言っておきますが、殺してはいませんよ」

杜若がその背に負うた夜叉のごとく表情を険しくするのに、平然と告げる。

泣き叫ぶ学生を事務椅子に後ろ手に拘束し、右手の親指と人差し指の屈筋腱をそれぞれ一本ずつ切断してやった。

「適切な処置を受ければ、後遺症のない程度のお仕置きをしたまでです」

鉄二にしてみれば、こんな程度では欠片も嗜虐心が満たされはしない。

「二度と馬鹿な考えを起こさないようお灸を据えて、放り出してやりました」

学生に伝えた個人情報は勿論すべて嘘だ。事務所として使っていたマンションもすぐに引き払った。

「あまり、無茶はしてくれるな」

鉄二の手首を解放し、杜若が溜息を漏らす。

その横顔に隠しきれない暗い陰を認め、鉄二はつい想いとは裏腹な憎まれ口を叩く。

「私のせいで、いつ足を掬われるか、心配で仕方がない？」

「馬鹿言うなっ」

声を荒らげ、杜若がマグカップを手にしたまま鉄二を抱き寄せた。

「俺がどうなろうと関係ねぇ。お前が心配だって……何度言えば分かるんだ！」

きつい抱擁を受け、鉄二はうっとりと瞼を伏せた。

確かなぬくもりを噛みしめつつ、杜若がまだ自分を見捨てずにいてくれるのだと、安堵する。

愛情などという、目に見えない、形ないものを、鉄二は信じる気になれない。

どんなに手酷いセックスでも、欠けた心は満たされない。

「実は……真鍋から連絡があった。……右頬に傷のある男に襲われたと、ある学生が被害を届け出たと……な」

さすがにハッとなる。杜若はすべてを知っていたのだ。

「所轄にウチと繋がりのあるマル暴がいて、すぐ握り潰してくれたから大事に至らなかったからよかったが……。カタギさんには手を出すなと、何度も言ってきただろう」

いつになく厳しい叱責に、顔を上げられない。

いや、つい口許がゆるんでしまいそうで、杜若に顔を見られたくなかったのだ。

「すみません」

謝りつつ、こそりとほくそ笑む。

何があっても杜若が自分を守ろうとしてくれるのが、嬉しくて仕方ない。

けれど、それだけでは、足りない——。

もっと確かな、何かが、欲しい。

「なあ、鉄二」

抱擁が、きつくなった。息が詰まる。

「どうしても、駄目か？」

何を問われたのか分からず、鉄二はコートの襟に鼻先を擦りつけた。

「俺だけじゃ……俺を切るんじゃ、駄目なのか」

今さら、何を言うのだ。

鉄二はかすかに煙草の臭いが染みついたコートの襟をきつく握りしめた。手が小さく震え、怒りとも戸惑いともつかぬ遣り場のない感情を、懸命に押し殺す。

「……私が、どれだけ我慢しているか、分かっていてそんな冗談を？」

自分がどんな顔をしているか、分からなかった。手の震えが全身に広がって、声が上擦る。鼓動が、乱れる。

「あ……あなたを、殺してしまうかも……しれない」

自分の心の中にある強い欲求を、常に見ぬフリして過ごしてきた。

それを杜若の手で目の前に突きつけられ、鉄二は激しい混乱に襲われる。

「お前にになら、殺されたって構いやしねぇよ」

ガタガタと瘧のように震える鉄二を、杜若があやすように抱きしめた。

「言っただろう？　お前に全部くれてやるって……。それに、もし誰かに殺されるなら、お前の手で殺されたい」

「な、何を……言っ……。だって、一鬼さん……死んだ、ら」

思考がまとまらない。

呼吸するのも、難しい。

「お前が欲しがるもの、全部、お前にやりてぇんだ。我慢なんかするな。俺を切りたいなら、切れ――」

「あ――」

髪を掴まれ、顔を強引に上向かされる。

涙と熱に潤んだ双眸を認めた直後、噛みつくように、唇を塞がれた。


「あ――っ」

乾いた嬌声を引き摺って、鉄二は胸を反り返らせた。

そこを刃が一閃する。

白い胸にまっすぐ赤いラインが浮かび上がり、溢れた血液がゆっくりと肌の上を流れていった。

「あ、あっ……い、いぃっ……！」

畳の上で、鉄二は深々と杜若に貫かれていた。すぐ傍にはマグカップが転がり、零れたコーヒーが畳を濡らしている。

「鉄……っ」

目許を上気させ、杜若が鉄二愛用のナイフを振るった。

抱え上げた左足の腿や脹脛は、すでに血塗れだ。

幾筋もの傷を杜若に舐められるたび、鉄二は歓喜に咽び泣いた。

「もっと、もっと……僕を、刻んで——っ」

ペニスで抉られるだけでは得られなかった快感に、鉄二は夢中になった。

杜若の表情はまるで背に彫り込まれた夜叉そのもので、爛々と光る双眸に見下ろされるだけで達してしまいそうになる。

己の血で真っ赤に染まったペニスを、鉄二は痛いくらいに扱いた。

もう、何度吐精したか分からない。

白濁と血が腹や胸を汚し、数多の傷に滲みてズキズキとした痛みを与える。

——堪らない……なんて、心地がいいのだろう。

畳に背中を擦られるのすら、鉄二にとって快感でしかなかった。赤剝けて、ヒリヒリ痛むのがなんとも言えない。

そうして律動のリズムにのって、杜若がその手で切り刻んでくれるのだ。

「一っ……鬼さんっ……凄いっ、あ、あ、……気持ちいいっ」

ペニスを握る右腕を、縦に切り裂かれた。

「あ、ああっ……！」

もはや喘ぎとは呼べない絶叫を放ち、夥しい量の白濁を撒き散らす。

「この……変態っ」

杜若が鉄二の内腿に噛みついた。

ギリギリと肉を食い破られる感覚に、絶頂を迎えたばかりの身体が過敏に反応する。

「は、あ、あ……あ、ま、またっ……」

射精して一分も経たないうちに、鉄二は再び襲いくる射精感に戦慄いた。

下腹が痙攣して、無意識のうちに尻を引き締める。

「クソッ、食い……千切るつもりかっ……」

遠くに艶っぽい呻き声を聞いた直後、内臓を焼かれる感覚に陥った。

杜若が吐精したのだ。

目が眩むような快感と、痛み。

「は、あぁ……っ」

杜若が息を吐き、血で汚れた口許を手の甲で拭った。その手には、異形のナイフが握られている。

　己の血で汚れた刃をうっとりと眺め、鉄二は恍惚の笑みを浮かべた。

「気持ちいいか、なあ、鉄？」

　昂りを隠そうともせず、杜若が問いかける。これまで繰り返してきたセックスでは見たことがない、妖艶かつ凶悪な表情だ。隆起した胸や割れた腹は、鉄二の血で汚れていた。鉄二の尻を穿つペニスはいまだ萎える気配がなく、ドクドクと脈打って新たな嗜虐を求めている。

「一鬼さん……っ」

　傷だらけの右腕をゆうらりと掲げると、意図を察したのか杜若が捕まえてくれた。そして、力任せに抱き起こしてくれる。

「あ、は……っ」

　腹の中でペニスが蠢くのに、思わず息が漏れた。

「……一鬼さん」

　彫りの深い顔を両手で包み込み、血の紅を佩いた唇でキスをする。錆の味をまとった舌を互いに絡み合わせ、血だか唾液だか分からない体液を啜り、貪り合う。

　ぴちゃぴちゃとだらしない音を響かせ、存分に接吻を味わうと、鉄二は杜若の手からするりとナイフを奪い取った。

「ふふ……。今度は、僕の、番です」

ドクドクと心臓が高鳴る。笑いが込み上げて仕方がない。

鉄二は血塗れのナイフの刃をべろりと舐めると、尻に咥えた杜若をきつく締め上げてやった。

「あ、あ……」

野生の雄を思わせるフェロモンを振り撒き、杜若が挑発的な笑みを投げかける。

「お前の好きにしろ」

逞しい胸を汚す血と汗と精液が、青い波と桜吹雪をよりいっそう際立たせていた。

杜若は自ら畳の上に大の字になり、鉄二の眼下にいまだ衰えを知らぬ屈強な体軀を晒す。

「――ふふ」

ゴクリと喉を鳴らして、鉄二はナイフの柄を握り直した。そうしてゆらゆらと腰を揺すりつつ、張りのある胸許へ刃を振り下ろす。

「……ッン」

音もなく、右の乳首を切りつけると、返す手で左の同じ箇所にも傷を描いた。

「あはは っ……凄い！　なんて……きれいなんだ――っ！」

憧れてやまない杜若の肉体を思うまま傷つける興奮に、鉄二は一瞬で呑み込まれる。

何年も禁じてきた欲望を解き放つと、後はもうなし崩しだった。

「はぁっ……あ、あぁ……いい、堪らな……いっ」

小麦色の肌の上に赤いラインが走るたび、興奮してペニスを締めつける。鮮やかな桜の花弁を散らしては、歓喜の嬌声を放った。

杜若もまた、傷つけられることで快感を増幅させているようだった。鉄二を穿つペニスは萎えるどころか硬度と体積を増し、熱く蕩けた肉襞をグチグチと掻き回す。

「鉄っ、もっとだ……もっと、俺にお前を……刻め――」

大きな手で鉄二の腰を支え、激しく下から突き上げて、杜若が呻く。

「あっ……んあっ！　一鬼さ……っ……いい、凄い……凄いっ」

激しい抽挿にバランスを崩しつつも、鉄二はナイフで杜若の胸や腹を存分に切りつけた。

「お前の欲しいもの……っ、なんでもくれてやるっ。俺を……殺したいなら、いっそこのまま、今、殺せ――」

凶暴な肉食獣が、下から鉄二を睨み上げる。

「あ……っ」

隙を見せれば一瞬で喉笛を食いちぎられそうな恐怖感に、鉄二はゾクゾクと背筋を震わせた。勃起したペニスから先走りだか精液だか分からない汁が溢れる。

「そうしたらっ……もう誰も、お前以外……俺に触れられないっ……。俺は永遠に、お前のものだ――っ」

「えい……えん、に……っ」

突き上げられながら、鉄二は恍惚となった。

この熱い肌も、灼熱のごとき肉塊も、真夏の太陽みたいな笑顔も、すべてが永遠に手に入る――。

もう、我慢しなくてもいいのだろうか。

身の内に巣食う闇も、孤独も、哀しみも、すべて解き放って構わないのか。

「欲しくは、ないか……、鉄っ」

獰猛な獣が、鉄二の腰に爪を立てた。

「ヒッ……」

鮮烈な痛みと、下腹を突き上げられる快感が、鉄二を駆り立てた。

「……しぃ」

背を丸め、己を貫く確かな存在にそっと手を這わせ、手にしたナイフを舐める。

「一鬼さんの全部が……欲しい」

「命ごと、くれてやる」

間髪を容れずに返ってきた言葉に、瞠目した。

「……ぃ……きさ……ん？」

ぶわりと涙が溢れ、肌の上を炎が走り抜けるような錯覚を覚える。

それが、幸福というものだと認識するのに、鉄二は数秒を要した。

「ほ……んと、に？」

「昔、言っただろう？　お前と心中すると――」

杜若が零れ落ちんばかりの笑みをたたえ、ゆっくりと頷く。

「この身体も、心も、何もかも、お前のものだ」

「――あ」

その瞬間、すべて許された気がした。

誰にも遠慮などいらない。

好きに生き、欲しいものは手に入れればいい。

顔色を窺うことも、視線に怯える必要もない。

本能と欲望の趣くまま、手を伸ばせばいいのだ。

「一鬼さん……、一鬼さんっ」

譫言（うわごと）のように繰り返しながら、鉄二はゆるりと腰を浮かした。

「ちょうだい、僕に……あなたを、ちょうだいっ」

繋がった部分を左手でヌルヌルと探り、太く硬いペニスを確かめる。

「コレ、ちょうだい……っ」

挿入されたままのペニスをじりじりと締めつけて強請る。

「ああ」

眩しい笑顔に目を細め、鉄二は手にしたナイフをソコへ押しつけた。

「んっ……ふふ、ふっ……あ、あ」

深く身を屈め、間近に杜若の陶酔したような笑みを見つめ、倒錯的な気分に酔い痴れる。

手が、下肢が、生あたたかい何かで濡れた。

それでも、腹の中の杜若は熱く硬いまま、ソコにある。

「ああ、やっと……やっと、だ」

喉を喘がせ、涙を零しながら、鉄二は自分をにこやかに見つめる男を見下ろした。

幼い頃からずっと、満たされることのなかった心の隙間が、ようやく満たされるのを感じる。

ブツリ、と。

ナイフを持つ手に手応えがなくなり、鉄二は腹に肉塊を呑み込んだ。

「お前のために、この身をすべて……捧げるよ、鉄——」

夥しい量の血液を撒き散らしながら、杜若は最後まで鉄二に笑いかけていた。


半年後の、夏のある日。

木根商会組長補佐・鶴巻鉄二の、闘神会田渡組若頭襲名が、田渡組幹部及び闘神会幹部全会一致で承認された。

　木根商会組長である杜若が不慮の事故に遭ったため、組を引き継いだ鉄二が田渡組若頭に治まることになったのだ。

　長く田渡組の金庫番として反対の立場をとると思われた松代組だが、田渡の口利きで木根商会から資金供与を受けた手前、承認するほかなかったらしい。

　鉄二は田渡組若頭の襲名に際して、ひとつだけ、新たに親となる田渡に願い出た。

「木根商会の看板を下ろし、私以下、構成員すべてを、田渡組に加えていただきたく思います」

　鉄二の申し出を断る理由など、田渡には当然なかった。多少、不自然に思う部分はあったかもしれないが、木根商会が抱えるシマと多額の資金、少数精鋭の構成員が、金の卵を生むニワトリ――鉄二とともに自分のものになるのだから。

　こうして鉄二は、関東で一、二を争う暴力団組織の事実上ナンバー2の座を、二十五歳の若さで手に入れたのだった。

【終章】

鉄の錆びた臭いと、精液の饐えた臭い。

血の海で泣き叫び、桜吹雪舞う冷たい身体に取り縋り、鉄二は本当の絶望を知った。


懐かしい夢を、見ていた。

「……ん」

鉄二は肩を揺すられ、目を覚ます。

全身が強張り、足が浮腫んでいた。スーツを着たまま、布団に倒れ込んで眠ってしまったらしい。

ここ数カ月の間、寝る間もないほどの多忙を極めていたが、それも今日で一段落つくはずだ。

外はまだ、薄暗い。

「おいおい、田渡組若頭ともあろう男が、だらしねぇ格好で寝てンじゃねぇよ」

「……う、あ」

乱暴に腰を足蹴にされて、鉄二はのろのろと起き上がった。

「もうちょっと優しく起こしてくださいよ、一鬼さん」

ムッとして、呆れ顔の杜若を見上げる。

もうすっかり見慣れたダークスーツ姿に、鉄二は思わず噴き出した。

「引退しても、格好は変わらないんですね」

「引退したところで、やるこたぁ昔とさして変わらねぇからな」

「また、安っぽい女を口説いて遊んでたんでしょう？」

「接待だよ、接待～」

乱れた布団の上に胡座をかき、杜若が大きな欠伸(あくび)をする。

変わらない横顔に、鉄二はこそりと微笑んだ。

鉄二の田渡組若頭襲名が決まって、早三カ月が過ぎていた。

「しかしまあ、すっかり極道者の顔つきになっちまったなぁ、坊っちゃん」

懐かしい呼び方をされて、鉄二は少し面映い気持ちになる。

特別な日だけに、感傷的になっているのかもしれない。

「人の道理を捨てて、すっかり気が楽になりましたからね」

「確かにな」

杜若が煙草を取り出すのに、鉄二はそっとライターの火を寄せた。

「で、今日は何時に親爺んとこ行くんだ？」

「昼前には本宅に顔を出そうと思っています。一応、主役ですし」

今日の午後、いよいよ鉄二の若頭襲名披露が行われるのだ。

「本当に、よかったんですか？」

ぷかりと煙の輪を作る杜若に問いかける。

「お前がそうしたいと言ったんだ。俺に異論はねぇよ」

当初、田渡組若頭の座は杜若のものになるはずだった。

しかし——。

「チンコもついてねぇような男が上に立つのは、やっぱりしっくりこねぇ」

冬の日、鉄二の手に己の分身を与えた杜若は、若頭襲名の内定を受け、木根商会解散を決めた。同時に、田渡組長へ直談判（じかだんぱん）し、鉄二を自分のかわりに若頭に推したのだ。

あの日のことを、鉄二は一生忘れることはないだろう。

「今思い出しても、ゾクゾクして勃起するんです。私をあんなにした人は、後にも先にも……あなただけですよ、一鬼さん」

うっとりする鉄二に、杜若は肩を竦めて嫌そうな顔をした。

血に染まった和室で泣き叫ぶ鉄二と、性器を切断されて意識を失った杜若を発見したのは、馴染みの店で飲んだ後、終電をなくして立ち寄った真鍋だった。

若い衆に車を準備させる間、もうすっかり木根商会のかかりつけ医となった先生を呼んで応急処置を施された杜若は、その後、懇意となった総合病院へ運ばれた。

一時は出血性ショックの症状が見られたが、適切な処置を受けた杜若は、重篤な状態に陥ることなく、その後順調に回復したのだった。

「よく言うぜ」

鉄二が肩にしなだれかかると、杜若が呆れたような、そのくせ楽しげな声を発した。

「テメェでチンコぶった切っといて、ビービー泣き喚いてたクセによ」

煙草を咥えて喋りながら左腕で鉄二の肩を抱き、右手でスラックスの股間をそろりと撫でる。

水増し請求の証拠を摑んで脅しつけ、何かと融通を利かせてもらうようになった病院に、優秀な泌尿器外科医がいたことを、鉄二は感謝しなくてはならないだろう。

根元から三分の一あまり残された杜若のペニスには、尿管も残っていて排泄も不便ながらふつうにできる。また海綿体が損なわれていないため、以前のようにはいかないが勃起も射精も可能だった。

「仕方ないでしょう。まさか、あんなに悲しいものだとは思っていなかったんですから」

杜若をこの手で切り刻み、いっそ殺してしまいたい――。

漠然とした欲望が、いざ現実となったとき、鉄二は杜若を失う恐怖と絶望に襲われた。

二十数年の人生であんなに泣いて、叫んだことはない。

「あのときの興奮や快感は、言葉にできないくらい素晴らしかった」

ブルッと、肌が粟立つのを感じて、鉄二は唇を噛む。

「ですが、あんな想いは二度とご免です」

満たされぬ飢餓感よりも、失うことの恐怖がより絶大であることを思い知らされた。

「あなたを失うくらいなら、一生満たされないまま、求め続ける方が百倍はマシです」

鉄二は肩を抱く節くれ立った指を手にとると、口に運んでキリリと歯を立てた。

「痛ぇよ」

苦笑する杜若に目で訴え、鉄二は腕を解いて立ち上がった。

簡易キッチンに向かうと「ビールくれ」と背に声がかかる。

いよいよ田渡組若頭となる日が来ても、鉄二は変わらず生活の基盤を木根商会の事務所ビルに置き、杜若と暮らしている。

杜若は木根商会解散後、除籍を申し出た窪とともに一階の不動産屋を切り盛りしていた。

近所の住人は表向き変化のない彼らの生活に、疑問を抱くこともないだろう。

「ねえ、一鬼さん」

パタンと冷蔵庫の扉を閉じてそこに背を預け、鉄二は布団に横になった杜若を見やった。

「人はきっと、本当に欲しいものを手に入れてしまうと、絶望する生きものなんじゃないでしょうか」

手には、特別に作らせた小瓶。透明な液体で満たされた瓶の中には、赤黒い肉のようなものが浸かっている。

「私は一生、満たされないまま、あなたを欲して生きると決めました」

だらしない体勢で、しかし、鋭く突き刺さるような眼差しを杜若が向ける。

鉄二は手にした小瓶に頬を擦りつけ、そうして、べろりとなめらかな曲線に舌を這わせた。うっとりと目を細め、恍惚とした笑みを杜若に見せつける。

瓶の中に沈むのは、杜若のペニスだ。

杜若のペニスは特殊な処置を施され、本体と切り離されてなお、雄々しい姿のままそこにあった。

「あなたの一部を手にして、やっと信じることができた」

口にすることの叶わないペニスを、瓶を舐めることで味わいながら、鉄二はゆっくりと杜若に近づく。

「愛しています、一鬼さん」

はじめて口にする、告白の言葉。

心の片隅にはいまだ小さな穴が空いている。

しかし、鉄二を押し潰すほどの大きな不安は、感じない。

それどころか、ささやかな幸福を実感するほどだ。

「あなたは死ぬまで……いいえ、死んでも私のものです」

鉄二が覗き込むようにして囁くと、杜若が短くなった煙草を携帯灰皿に突っ込んだ。

「ああ、お前の好きにすりゃいい」

眩しい笑顔を向けられて、鉄二は布団の端に膝をついた。

身も心も鉄二に捧げ、すべてを許し受け入れてくれる杜若がいれば、何も恐れることはない。

「やっとここまで来たんだ」

「……ええ、やっとです」

鉄二はそっと、かさついた唇に己の唇を口づけた。

「全部、あなたのお陰ですよ。一鬼さん」

眇めた目に粘つく欲望を滲ませて、杜若の頬や鼻先、顳顬に唇を押しつける。

「ですが、まだまだ……これからです」

杜若が鉄二の背に腕を回し、抱き寄せられた。そのまま身を任せ、布団の上に横になる。

「松代の爺さんは、おとなしくしてんのか？」

右頬の傷に口づけを返しつつ、杜若が問いかける。

金の力で取り込んだ松代組だが、さすがは長年田渡組を守り立ててきただけあって、一筋縄でいきそうにない。気を抜くと足を掬われかねない危うさが潜んでいる。

「とりあえず、松代組の若い衆を何人か取り込んで、債務者の何件かに追い込みかけるようにに吹き込んでおきました。苦情がいくつも出るようになるか、耐えきれずに自殺者でも出れば、協会や警察も黙っていないでしょう」

いまだ松代組は鉄二にとって邪魔な存在であることに変わりはない。

これから先、欲望を追いかけ続けるためには、金と……そして権力を手に入れなければならなかった。そのためにも、組長である田渡と強い信頼関係で結ばれた松代組を叩き潰さねばならない。

「貸した金が戻らなければ、松代組は今以上に困窮するはずです」

「足がついて困る仕事は、カタギ雇ってやらせるんじゃなかったのか？」

「身内から裏切り者が出た方が、松代の爺さんもこたえるでしょう？」

肉体的な苦痛よりも、精神的に叩きのめされる方が、より辛い。

「ハハハ、確かにそうだ」

杜若が豪快に笑う。

鉄二は体勢を入れ替えると、あの日と同じように杜若の腰に跨がった。

「一鬼さんこそ、私を裏切ったら、ただではおきませんから」

小瓶を布団の向こうへ置き、隠し持っていたナイフを取り出す。

するとと、杜若がすぅっと目を細めた。

「裏切るも何も、もうすっかりお前に縛りつけられてる。いい年をしたおっさんが、ド変態のガキひとりのために、道を踏み外した」

「後悔、してるんですか?」

ナイフで杜若のシャツを裂き、ボタンを弾き飛ばしながら、逞しい身体をあらわにしていく。盛り上がった胸や割れた腹には、いくつもの傷痕があった。

「んなわきゃあ、ねぇだろ」

杜若が大きな手で鉄二の腿を撫で摩り、穏やかな笑みをたたえて続けた。

「俺を死ぬほど欲しがって、ましてや自分で顔を切り裂くのを見せつけられたら、危なっかしくて手放せるわけないだろう。何がなんでも生かして、幸せにしてやりたくなった」

はじめて聞く杜若の想いに、鉄二は声を失う。

「お前には生き難い世の中でも、俺がいりゃ、少しは楽しい人生になるんじゃねぇか?」

「一鬼さ……っ」

言葉にならない歓喜に包まれ、鉄二は手にしたナイフの柄をきつく握りしめる。

人の道理を捨てて、鉄二ははじめて幸せを手に入れた。

あとはこの幸せを永遠のものするため、欲望を満たし続けるために、羅刹となって生きるのみ――。

「なんだ、物欲しそうな顔をして？」

意地悪く上目遣いで見つめながら、杜若が鉄二の股間に触れる。

「分かっているなら、もう言葉なんて必要ないでしょう？」

ナイフの刃にキスをして、自らシャツを脱ぎ捨てた。右頬の傷が熱をもったように疼く。

「昼前には田渡の本宅に行かなきゃなんねぇんだろ？」

茶化しつつも、太い指先が鉄二のスラックスの前を寛げにかかる。

「ふふ、いいじゃないですか。精液臭いまま紋付身に着けて、口上述べてやりますよ」

湿った空気に勃ち上がりかけの性器が触れるのを感じながら、鉄二は眼下の桜吹雪に切りつけた。

「ハッ……」

杜若が不敵な笑みを浮かべ、鉄二の細身のペニスを握り込む。

「もっと、きつく、握ってください」

シャツの袖の上から容赦なく杜若の腕を切り裂き、鉄二は喉を鳴らした。

「ああ、ギチギチに虐めてやる」

穏やかな笑みをたたえていた彫りの深い顔を悪鬼のごとく歪め、杜若が頷く。

直後、すっかり硬くなったペニスを握り潰すようにされて、鉄二は乾いた嬌声を放った。

「ヒ、——ッ」

先端の窪(くぼ)みを抉られると全身の肌がさざ波のように震え、えも言われぬ快感が走り抜ける。

鉄二は杜若の腹の上で踊るように身体を揺らしながら、夢中になってナイフを振るった。

「き、れい……ですっ」

波間に揺れる桜を傷つけると、赤い血が滲み出す。その血を指で伸ばし、屈強な体軀に悪戯書きするのが、楽しくて仕方がない。

やがて杜若の胸や腹を真っ赤に染め上げると、鉄二は身体をずらして下肢に蹲った。そうして邪魔なベルトを抜き去り、スラックスの前を寛げていく。

その間、杜若は血塗れた手で鉄二の豊かな黒髪を撫で梳いた。

「……ふふ」

やがて下着をずらし、濃い茂みの中で健気(けなげ)に勃起するペニスを剝き出しにすると、鉄二は異形のソコへ唇を落とした。

「んっ……」

快感に杜若が息を詰める。

勃起して五センチあまりというサイズのペニスを口に含むと、鉄二は上目遣いにその表情を窺った。

人工的に造られた鈴口を舌でくすぐると、きちんと先走りが溢れ出す。

——なんて、愛らしいのだろう。

人やものを、愛しいと思う日が来るなど、鉄二は考えたこともなかった。

根元だけ残ったペニスもまた、鉄二に対する杜若の愛情の深さの証だ。小瓶にしまわれた本体部分と違って、こうして直接触れて愛撫すると、言葉にならない感動に心が震える。

「すっかり、おしゃぶりが好きに……なったな、お前」

上擦った声で揶揄われて、鉄二は目を細めると同時にスラックスの腿に切りつける。現れた素肌に触れて、唾液まみれのペニスに頬ずりした。

「だって食べてしまいたいくらい可愛らしいのに」

血でぬめる太腿の感触をたのしみつつ口淫を再開する。ビクビクと根元から震えるのを舌と上顎で感じ、陶然として快楽に酔い痴れた。

あの冬の日以来、交合のないセックスを繰り返してきた。

しかし、以前のセックス以上の快感と充足感を、杜若は鉄二に与えてくれる。

「んあっ……は、ぁむっ……」

レロレロと舌を小刻みに動かして、先走りを啜り、嚥下した。叶うことなら杜若の体液をすべて飲んでしまいたい。流れる血も汗も、何もかもすべて……。

「鉄」

短く呼ばれ、顔を上げる。

無言で差し伸ばされる手に、鉄二はナイフを渡した。

「跨げよ」

促されて、のろのろとスラックスを下着ごと脱ぎ捨て、愛らしい勃起の上に腰を落とす。

「は、あぁ……っ」

だらしない尻に栓をするように、鉄二は杜若のペニスを受け入れた。

「まったく、お前の変態ぶりには、つくづく感心するよ」

被害を免れたネクタイで鉄二のペニスの根元をきつく拘束すると、杜若がピンと亀頭を指で弾く。

「あああ——っ！」

鉄二が鮮烈な刺激に胸を反り返らせると、すかさず無防備な腹を切りつけられた。

薄く、白い腹に赤い横線が走り、血が滴る。

根元を縛められたペニスから、どぷりと先走りが溢れた。

「いいっ……凄いっ……あ、もっと！　もっと虐めて……一鬼さんっ……もっとぉ、もっとぉ……っ」

傷だらけの身体に、杜若の手で新たな傷を刻まれる喜びにうち震える。

「ああ、欲しいだけ……くれてやるっ」

切り裂きたいと願ってきた男に、切り刻まれ、嬲られる快感。

欲しいと願うものすべてを、杜若は与えてくれる。

「あっ……いぃっ、も……イクッ、あぁっ……んぁっ」

根元だけの、やたらに太いペニスを締めつけ、尻を振る。奥まで届かないもどかしさが、かえって鉄二を熱くさせた。

「イけよっ……変態っ」

「一鬼さっ……、あ、あっ……ッ」

胸の皮膚が裂け、血が肌の上を滴り落ちる。

気持ちがいい。

どうしようもなく、泣けてくるほどに――。

ネクタイをしとどに濡らし、鉄二は声もなく乱れる。

逞しい腹に手をつき、夜叉の面をかぶったような形相の男を見下ろした。

「もうっ、腹いっぱいに、なったのか？　冗談だ、ろ？　ほらっ……もっと欲しがれよ」

腰を激しく突き上げながら、杜若が容赦なく鉄二を責め苛む。

「んあぁっ……あ、ひぁっ……あ、あっ……すごっ……あ、イク、イク……ッ」

この男さえいれば、ほかには何もいらない。

欲しいものはすべて、この男が与えてくれる。

――約束を、本当に守ってくれるんですね。

意識が飛んでしまいそうだ。

朦朧としつつ、鉄二は宙に手を伸ばした。

「言った、だろう。鉄――」

その手を、赤い指先が搦め取る。

「お前と心中する――って」

次の瞬間、鉄二は胸に焼けるような痛みを覚えた。

直後、ペニスの縛めが解かれ、白濁が噴き出す。

「あ、あっ……！」

身体ごと弾けるような激しい絶頂に全身が強張った。

「……鉄ッ」

掠れて上擦った声で名前を呼ばれ、射精しながら逞しい胸に崩れ落ちる。

理性を捨て、人の道理を忘れ、極道に身を落とし、ようやく手に入れた、幸福。

鉄二はあたたかく確かな腕に抱かれながら、痛くて甘い絶頂の余韻に溺れた。


北側の窓を開け放ち、杜若はプカプカと煙草を吹かす。

今頃、田渡組の本宅では、鉄二の若頭襲名披露式が執り行われているはずだ。

血みどろの布団の上に横になって、雲ひとつない秋晴れの空を見上げる。

「ったく、精液まみれどころか、包帯グルグル巻きで行きやがった」

細身の鉄二の紋付姿は、少し滑稽だった。

「もう少し肉をつけて欲しいところだがなぁ」

そうでなければ、抱き甲斐も、虐め甲斐もない。

鉄二のナイフ捌き(さば)には遠く及ばないが、それでもすっかり人肌を切る術が身についた。

皮膚の表面だけを傷つけ、かつ血を適度に滲ませる技術は、すべて鉄二のために習得したものだ。

ヤクザを廃業したところで、所詮、カタギには戻れない。

杜若にはそれがよく分かっていた。

ならばいっそ、人でないものになればいい。

「お前のためなら、夜叉にでもなんにでもなってやるよ、鉄」

自分の上で腰を振り、咽び泣きながら絶頂を迎える鉄二の痴態を思い出すと、下腹が疼く。

血と精液まみれの杜若の下腹――茂みの上には、「鉄」と乱暴に刻まれた傷痕があった。

背中の刺青よりも、今はこの傷痕を杜若は誇りに思う。

「地獄の果ての、その果てまで……一緒だ」

鉄二はこれからも飢え続けるだろう。

満足など知らぬ男だ。

出会った頃は、正直どう扱っていいのか分からなかった。

しかし、今はもう、違う。

「お前には、どうしたって俺が必要だ。お前を生かしてやれるのは、俺だけなんだからな」

無意識にほくそ笑み、紫煙を燻らせる。

「鉄、ようやくお前を手に入れた気がするぜ」

そっと股間を撫でながら、咥えた煙草のフィルターを噛み潰した。

「俺の、羅刹――」

古傷

「今さら、頭……じゃなくて、一鬼さんと鉄二のこと、とやかく言うつもりはありませんけどね」

それは、鉄二の田渡組若頭襲名披露式が執り行われた日の、夜のことだった。

杜若は不動産屋にいた窪に店を閉めさせ、治療のために先生を呼びに行かせた。

「こうたびたび、先生呼びに行く俺の身にもなってくださいよ」

「先生はいつでも呼びに来いって言ってたぜ。ふつうに病人診てるより、俺らの後始末してる方が実入りがいいからな」

悪びれずに言ってニヤッと笑ってやると、窪が子供みたいに唇を尖らせた。

治療を終えた杜若は、そのまま窪を引き止め、うな重を奢ってやった。

「……ていうか、真剣な話。もうちょっと考えた方がいいですよ。鉄二の頭のおかしさはもうどうしようもないとしても、このままじゃ一鬼さんの身がもたない」

窪は本気で心配してくれているのだろう。それが分かるだけに、杜若は鉄二と自分の間にある複雑で奇妙な関係性を、どう伝えればいいか分からない。

「もたなくなったら、そのときだ。俺はアイツに、俺のすべてをやると約束したからな」

「それが一番、俺には理解できないっすよ」

窪は怪訝そうに言いつつも、杜若は勿論、鉄二のことを今さら毛嫌いする様子はない。木根商会でも一番の常識人だった窪だが、やはり一度は極道に身を沈めただけあって、どこかカタギの人間とは思考回路が違うのかもしれなかった。

「しっかし、鉄二の野郎は、どこまで行くんでしょうかね」

遠慮なくうな重を頬張りながら、窪が訊ねるともなしに零す。

「さあ、なぁ……」

山椒をふっくらとしたうなぎに振りかけて、相槌を打った。

杜若の胸にも、似たような想いがある。

「アイツは愛情ってものを知らねぇで育ったらしい」

窪が箸を動かしたまま、先を促すように目を向けた。

鉄二の生い立ちのすべてを聞き知っているわけではないが、杜若なりに彼が抱えた闇を理解しているつもりだった。

「だからなのか、人から好意を寄せられても信じられねぇんだ」

「ああ、なんか分かるような気がします。アイツ、金しか信じてないようなトコありますもんね」

肝吸いをズズッと啜る窪に、杜若は「ああ」と頷いた。

——ぶっちゃけ、金も信じちゃいねぇだろうよ。

「とにかく、どれだけ情を注いでやっても、信じられねぇから満足もできねぇ。満足を知らねぇから、物足らなくてもっと欲しがる。注げば注ぐだけ、縁が高くなる水瓶みたいなもんだ。……いや」

窪がいつになく真剣に耳を傾けていた。

「アイツの水瓶は、底が抜けちまってるのかもしれねぇな」

納得のいく考察を導き出して、杜若は胸の閊えが取れたような気がした。

「だから俺は、必死になってアイツに構い続けたのかもしれねぇ」

——鉄二の胸が、空っぽになっちまわないように……。

「俺以外に、多分アイツに最後まで付き合うような物好きは、今後現れるとは思えない。だから俺が、ひたすらありったけの情を注いでやるんだ。アイツが分からなくても、信じなくても、欲しいと願い続けるなら、与え続けてやろう……てな」

「うーん。なんか、分かったような……分からないような」

窪はしきりに首を傾げつつも、しっかりとうな重を平らげていた。

「分からなきゃそれでいい。お前に理解して欲しいとは思ってねぇ。他人の趣味や嗜好は、所詮、他人には理解できねぇもんだ」

「そりゃそうでしょうけどね」

窪が投げやりに言い返し、両手をパンと胸の前で合わせた。

「ご馳走さんでした！　じゃ、俺は店片付けて帰りますんで」

「おい、なんだよ」

いそいそと帰り支度を始める窪の背中に呼びかける。

「せっかくだから鉄の襲名祝いで一杯……」

「あのですね」

スーツの上着を着た窪が、携帯電話を取り出して振り返った。

「真鍋さんから連絡が来てまして、鉄二の部屋の畳と布団の処分や入れ替え、今夜中にやっとけとか無茶振りされてんですよ」

「え」

ポカンとする杜若に、窪が容赦なく言い加えた。

「いいですか、一鬼さん。俺はもうカタギの人間です。それがなんで、ヤクザから連絡もらって、畳替えだのしなきゃなんないんですかね。ホント毎度毎度、セックスかSMか分からないような事後処理させせられるの、意味分からないんですけど！」

言われて、はたと気づく。

杜若はこれまで一度として、鉄二との血塗れの情事の後片付けを自分でしたことがなかった。気がつけば鉄二やほかの者の手で、きれいさっぱり処理されていたのだ。

「血塗れの畳の処分、どんだけ大変か分かってますか？」

「いや、うん、そうだな」

返す言葉もなく項垂れる。

「しかも、身体中包帯で巻かれておいて、酒飲もうだなんて……」

「だってお前、今日は鉄の……」

目出度い日なのだから、と言い募ろうとしたが、窪の一瞥で言葉を呑み込んだ。

「一鬼さんに何かあったら、鉄二に殺されるんで、お断りします！」

冗談でもなければ、真実になりそうな言葉は、杜若を諦めさせるのに充分だった。

「じゃ、そういうことで」

ペコリとお辞儀すると、窪は逃げるように部屋を出ていった。

「なんだよ……俺一応、社長だぞ？」

恨めしく見送りながら、杜若はぼそりとひとりごちた。


人としての幸福も、生き甲斐も、生きる意味すら知らなかった鉄二に、どうしてこれほどまで惹かれたのか、実のところ杜若自身もまだ分からないでいる。

窪に語った言葉も、鉄二に日々囁く言葉も、決して嘘ではない。

灰色に染まった暗い過去を、おそらく鉄二は一生背負っていくのだろう。

けれど、もしそこに、自分の手で少しでも鮮やかな色を差せたなら……。

「ゾクゾクするじゃねぇか」

鉄二が自分の何に引き寄せられたのかは分からない。

それでも、杜若一鬼という男を欲して羅刹に身を堕したことを思えば、いじらしく可愛いと思わずにいられない。

「あれだけの男が、俺から離れられないでいるんだ」

その狂気と冷徹さから、名を馳せた極道者にまで恐れられる鉄二が、唯一、欲してやまないのが自分だけなのだ。

そう思うと、喩えようのない昂りを覚える。

欲しいなら、欲しいだけくれてやる。

愛も、金も、苦痛も、快楽も、生も、死も――。

「死ぬときゃ、一緒だ」

股間の古傷が疼く。

「なあ、鉄――」

ないはずのペニスが、ドクリと脈打った。

あとがき

ラルーナ文庫様では「はじめまして」となります、四ノ宮慶です。この度は拙作を手にとってくださってありがとうございます。

このお話は、アズ文庫様より刊行の『虎と竜』と同じ世界観なのですが、時代設定を忠実に守ると昭和を思わせるお話になってしまうので、あえて無視して現代設定にしました。

もう八年近く前になりますが、鶴巻鉄二という人物を世に送り出したときから、どのような生い立ちの人だろうとぼんやり考え続けてきましたが、愛が何か知らないくせに求める容量や体積がデカすぎて「相手のチンコ切る人だな」と確信を抱いたのを覚えています。

他社様ではまず通らないであろうニッチなネタにＯＫ出してくださった担当さんには、心からお礼を申し上げます。一歩も引かない私に「チャレンジしてみましょう」と心強いお言葉をくださった心意気に感じ入り、持てるすべてを注ごうと誓い、奮起しました。

担当さんが悩まれたのが今も痛いくらいに分かる、万人ウケしないお話だと思います。けれど、こういう形でしか生きていけない、愛を示せない、歪な人同士の物語……そんな世界を書きたい、伝えたいと思って、のめり込むように書きました。

執筆にあたってずっと念頭においていたテーマは【愛情の受け皿が底なしの受け】と、【私史上最高に受けを甘やかす攻め】【受けのすべてを許す攻め】です。または、愛されたいあまりに、そして愛するが故に、人ではないものになった人たち――でした。

挿絵のお力添えをくださった、小山田先生。若く美しい鶴巻をありがとうございます。杜若が男前で、いつまでも見ていたいと思いました。またお仕事をご一緒できて幸せです。

チンコや裂傷についてご教授くださったH先生もありがとうございました。

そして、幸か不幸か、この作品を手にしてくださった読者様。正直、読後感はいいものではないかもしれません。ですが、ヤクザ者であるが故に、こういった愛の示し方しかできない男たちがいるもしれない……と感じていただけたら嬉しいです。もし医療方面で専門の方がいらしたら、どうかＢＬチンコはファンタジーということでご容赦ください(汗)。

最後になりましたが、ラルーナ文庫様創刊おめでとうございます。ニッチ作家ですが、今後も使っていただけたら嬉しいです。ではでは、またお目にかかれますように……。

四ノ宮慶

本作品は書き下ろしです。

この本を読んでのご意見・ご感想・ファンレターなどお待ちしております。〒110-0015 東京都台東区東上野5-13-1 株式会社シーラボ「ラルーナ文庫編集部」気付でお送りください。

夜叉（やしゃ）と羅刹（らせつ）

2016年5月7日　第1刷発行

著　　者｜四ノ宮 慶（しのみや けい）

装丁・DTP｜萩原 七唱

発 行 人｜200 仁警

発 行 所｜株式会社 シーラボ
〒110-0015　東京都台東区東上野 5-13-1
電話　03-5830-3474／FAX　03-5830-3574
http://lalunabunko.com

発　　売｜株式会社 三交社
〒110-0016　東京都台東区台東4-20-9　大仙柴田ビル2階
電話　03-5826-4424／FAX　03-5826-4425

印刷・製本｜シナノ書籍印刷株式会社

ISBN978-4-87919-893-8

お稲荷様は伴侶修業中

| 小中大豆 | イラスト：鈴倉 温 |

神様修業も色恋もまだまだな稲荷神、夜古。
歳神と恋人・薑雨の仲にもやもやが止まらず。

定価：本体680円＋税

三交社

LaLuna